Only you —リ・クルス— 上巻

アリスソフト　原作
高橋恒星　著
ささかまめぐみ　画

PARADIGM　NOVELS 154

●登場人物●

魔神勇二 YUUJI MAGAMI

鳳凰学園の格闘部主将。閃真流人応派の使い手で、全国格闘技選手権のチャンピオン。「破滅をもたらす者」として、刺客から命をねらわれることになる。

秋月まゆ MAYU AKIZUKI

格闘部のマネージャーを務める、勇二の幼なじみ。世話好きで心優しく、料理が得意な家庭的な少女。ときどき出るヘタなダジャレがみんなを和ませている。

仁藤美咲 MISAKI NITOU

勇二の格闘部の後輩。道場主だった父親の亡きあと仁藤流柔術を後継し、その実力は部のナンバー２。明るく物怖じしない性格で、だれからも好かれている。

鏡守萌木 MOEGI KAGAMIMORI

よもぎ餅をこよなく愛する、鏡守神社の巫女。ふだんはぼーっとしており、立ったまま寝ていることもある。勇二に気配を悟らせない、不思議な一面も。

天童来夢 RAIMU TENDOU

発明やコンピューター操作を得意とする天才少女。研究材料として勇二に興味を持ち、近付いてくる。頭がよいことを妬まれて、学校でイジメを受けている。

軽井沢成美 NARUMI KARUIZAWA

大阪から転校してきたナニワ娘。まゆのボケに対し、すかさずツッコミを入れる、迷漫才コンビ。マウンテンバイクが趣味で、サイクリング同好会に所属。

魔神恵 MEGUMII MAGAMI

勇二の妹。周りがうらやむほど兄妹仲がよい。しっかり者だが、勇二の前では甘えん坊になる。勇二も彼女のことを溺愛しており、つい甘やかしてしまう。

タイガージョー

虎頭の男。勇二が悩めるときや危機に現れ、愛の鉄拳と共に叱咤し、彼を正しい道に導いてくれる。勇二と同じ閃真流人応派を使っているが、その正体は…!?

鴉丸羅喉 RAGOU KARASUMA

閃真流神応派の使い手。過去に世界格闘技選手権の決勝で、勇一と死闘を繰り広げたことがある。「組織」とは別の理由で勇二の命をねらっている。

若人淳 JUN WAKATO

勇二の親友。かわいい女の子が好きで軟派な性格だが、根はまじめで気のいい男。格闘部に所属しているが、格闘技の腕は勇二や美咲にはかなわない。

ルワイル・ルワイン

一見少年のようだが、「組織」からの命で各国から派遣された暗殺者たちを束ねている実力者。すべてを見通すといわれる「賢者の目」の能力をを持っている。

シモーヌ・京子・ホワイト KYOUKO

ハーフの英語教師で、格闘部の顧問。かつては勇一と恋人同士だったが、勇一の失踪事件以来、疎遠になっている。

魔神勇一 YUUICHI MAGAMI

勇二の兄。世界格闘技選手権の優勝者。二年前にニューヨークで行方不明になっていたが、一ヵ月前にN市に帰ってきた。

目 次

プロローグ

「……今日も又、何一つ変わらぬか」

白髪混じりのあご鬚《ひげ》を撫《な》でながら、『長官』と呼ばれる男はそう呟《つぶや》いた。

彼が見つめていたのは、全てを呑《の》み込むが如《ごと》き、漆黒の宇宙。

そして、彼がいる場所は、外宇宙を監視するという目的で造られていた『宇宙ステーションΣ《シグマ》』であった。その存在は一般の者たちには極秘とされている。

「つまり……私は生まれてくるのが遅かったのだろうな」

先の言葉と同じく、それは彼が幾度となく洩《も》らす独り言だ。

米ソ冷戦下における、フロンティアスピリットに満ちたアポロ計画の時代に生きていたら……そんな詮《せん》なき夢想が米国人の彼の脳裏をよぎる。

NASAから引き抜かれ、この宇宙ステーションΣのスタッフの一員となった頃《ころ》はそうでもなかった。外宇宙を監視する崇高な目的に自分が選ばれたという自負があった。

それも長い宇宙での暮らしのうちには消え、神の存在を自らに問うお決まりの宗教心の虜《とりこ》という通過儀礼を過ぎると、今はただ怠惰な日々が残されるだけとなっていた。

「エミリー……お前なら、この変わらぬ宇宙の光景にも感嘆の声を上げてくれるのかな」

デスクの上に立てかけられた孫娘の写真に、彼は問いかける。

その写真の主も今やそこにあるような幼子ではなく、現実にはもう美しい娘に成長している。この年月の移り変わりを認めないことからも、彼の停滞ぶりが窺《うかが》えるだろう。

しかし、この日、彼の望まぬ形で怠惰な日々は終わりを告げる。

「し、失礼します、長官！　是非とも見て頂きたいものが……！」

ノックもなしに長官のプライベートルームに入ってきたのは、自他ともに次期長官と目されている、参謀の『ボーナム』である。

全てをスケジュール通りに進めることを第一とした彼の融通の利かない仕事ぶりは、地上では鼻白む者もいるだろうが、この宇宙ステーションΣにおいては適していた。

「何かね、ボーナム君。君らしくもなく、慌てた様子で」

長官は責めるのではなく、常に冷静沈着な参謀の動揺する様子を若干愉快に思っていた。

だが、それもボーナムが壁のスクリーンに電波望遠鏡が捉《とら》えた映像を映すまでだった。

「こっ、これは……！　どういうことだね、ボーナム君！」

「宇宙座標Ｘ＝４７１、Ｙ＝７８４、Ｚ＝４７８から、地球に向かって接近してくる……巨大未確認物体です。もしも、これが直撃したら……地球はひとたまりもないでしょう」

長官が気を動転させたぶん、参謀のボーナムは冷静さを取り戻し、現時点で解析をすませたデータ、巨大物体の正体とその予想進路コースについて告げる。

「……どうやら、あの物体はエネルギー物質を吸収する特性を備えていると推測されます。ですが、新種のブラックホールのような磁場ではないようで……ただ一つ確かなのは、この巨大物体は地球上のある一点を目指して進んでいるということです」

「どういうことかね、それは？」

「地球と巨大物体の間に、微量のエネルギー粒子の流れを探知しました。つまり、あの物体はそのエネルギー粒子によって地球へ導かれているのではないかと推測できます。そして、それは……」

ボーナムはそこで言葉を濁した。これ以上の解析結果を話すことは、彼にとって自らを気狂いと告白するようなものだったのだ。

「どうした、ボーナム君？　そのエネルギー粒子は何らかの自然現象なのかね？　それとも人為的に発生された……」

「いいえ、率直に言いますと……日本の、とある一人の青年から発せられていると……」

「なっ……！　一人の人間があのような巨大物体を呼び寄せているだと！　そ、そんなことが馬鹿《ばか》な……！」

「いいえ……どんなに非科学的に見えようと、これはまぎれもなく現実なのです」

「ジーザス……」

思わず長官の口から忘れていた神の名が洩れる。そうせずにはいられなかったのだ。

☆　☆　☆

『触れえざる存在』

『永遠の叙述者』

『其処《そこ》にいるはずの者たち』

古来よりそのようにさまざまな名称を与えられ、今現在はシンプルに『組織』と呼ばれる、不可侵な存在がこの世界には存在した。

『組織』を束ねる者たちは、特にイデオロギーを持たない。彼らにとって世界を見守り続けることだけが全てであった。

そのために、彼らは各国が表立って動けない汚れ仕事を代行することもあり、その過程や代償としてさまざまな超技術も得ている。宇宙から飛来する未確認物体を感知した宇宙ステーションΣも『組織』の管轄下にある。

「……各国首脳は、例の日本の青年に『破滅をもたらす者』……そう、コードネームを付けたようですな」

「ふっ……大層なことだ。六十億の人類を救うという大義名分だけでは飽き足らず、そう名付けることで少しでも罪悪感から逃れようという姑息《こそく》さを感じる」

「肝心の日本政府の動きはどうなのかな？」

「あの国の民主主義では、前例のない問題を処理することはできんよ。故に我らに全てを委《ゆだ》ねてきた。まあ、賢明な選択ではあるが」

「世界の警察、それを自負する米国とて同様だ。まさか、テロリストでもない一人の人間に対して宣戦布告もできまい」

宇宙ステーションΣからの一報を受け、それをホットラインを通して各国首脳に知らせたのは『組織』であり、今、最終的な指針を示すのも彼らであった。

「我らの提案を飲み、各国から選《え》りすぐりの暗殺者たちが送られてくるということだが」

「選りすぐりとはいうものの、言い換えれば態《てい》のいい厄介払いなのだろう。その者たちの大半が我らから提供されたのを薄々気付いて」

「だからだ、こちらもその者たちを指揮するに、『ルワイル・ルワイン』を用意した」

「全てを見通すという『賢者の目』のルワイル……か。化け物には化け物を、ということですな。まずはベターなキャスティングでしょう」

「単に抹殺するというのも興がないというもの。ルワイルなら巧《うま》くやってくれるはず」

「だといいのですが……いずれにしても、悲劇、喜劇、活劇……期待したいものです。当分は退屈しないですむように」

こうして、日本国N市に各国の暗殺者たちが集結することになった。

コードネーム『破滅をもたらす者』……『魔神勇二《まがみゆうじ》』を消去するために。

第一話　暗殺者出現！　勇二を襲う悲劇

「おにいちゃん、起きて……おにいちゃぁん！」

妹、『恵《めぐみ》』の声で、『魔神勇二』は目を覚ます。いや、実際には恵が来る前に、勇二は既に目を覚ましている。「おにいちゃんを起こすのは、恵のお仕事なの！」という妹の願いを受け入れてのことであり、日頃《ひごろ》格闘技の修行で相手をしてやれないお詫《わ》びの意味があった。

「んん……いつも起こしてくれて悪いな。おはよう、恵」

勇二が恵に向かってにっこりと微笑《ほほえ》む。その爽《さわ》やかな笑顔だけを見ると、とても彼が閃《せん》真流《しんりゅう》格闘術の使い手であり、前年度の学生格闘技チャンピオンとは思えない。

だが、布団から出た勇二の引き締まった身体《からだ》を見ると、それも納得させられる。寝間着越しにでも分かる、無駄な筋肉の見られない一つの完成形がそこに存在していた。

今まで幾度も目にしていたとはいえ、恵もそれを感じたのか、少し照れた表情になる。

「えへへ……おはよ、おにいちゃん。今日もいいお天気だよ」

兄妹でも、勇二と恵の容貌《ようぼう》はあまり似ていない。もう一人の兄弟、長男の『勇一《ゆういち》』と一緒で、建築家の父から受け継いだ精悍《せいかん》な勇二に対して、恵は四十を過ぎても容色の衰えない美人の母からの遺伝が濃い。まだ幼さを残してはいるが、将来を期待させる妹の成長に勇二は喜びつつもある種の不安も感じていた。

（愛娘《まなむすめ》を嫁に出す父親の複雑な心境……みたいなものだろうか）

そんな勇二の心持ちを知らず、恵は髪の両側で結ばれた黄色いリボンを揺らしながら、無邪気に自分の額を兄の額にコツンと軽くぶつける。

二年ほど前、恵が風邪をこじらせた時に勇二がこのようにして熱を測ってやってから気に入ってしまったようで、それは彼女の癖になっていた。

「朝ご飯、早く食べちゃってよね。今日は、恵、いろいろと忙しいんだから」

「忙しいって、今日は休日だろ？　あっ……友達と約束でもあるのか？」

「う〜〜〜っ！　違うよっ！　今日はおにいちゃんのお誕生日パーティでしょ。恵はその準備で忙しいのっ！」

ぷうっと頰《ほお》を膨らませる恵の機嫌を直そうと、勇二は彼女の柔らかな髪を手でくしゃりと掻《か》き回す。どう見ても子供扱いなのだが、普段は世話焼きのしっかり者でも勇二に対してだけは甘えん坊になる恵には、この行為がよく効いた。

「もう、おにいちゃんってばぁ……早く着替えちゃってよね」

そう言って、恵は嬉《うれ》しそうに部屋を出ていった。

「そうか……今日は俺の誕生日だったか」

格闘技以外のことには全く無頓着《むとんちゃく》な勇二は、まるで他人事のように呟《つぶや》くのだった。

☆　☆　☆

「……えっと、本日、十月二十五日、おにいちゃんの誕生日パーティの司会進行役、魔神恵です。今日は皆様に来て頂き、感謝の気持ちと、え〜と……うにゅう、巧《うま》く言えないよぉ」

緊張する恵に、勇二が「いつもの調子でいいぞ」とフォローを入れた。

「うん、そだね。みんな、おにいちゃんのお誕生日パーティに来てくれて、どうもありがとー♪　そんなわけでぇ、パーティを始めちゃいまーす！」

休日の昼下がり、恵の元気な声で勇二の誕生日パーティは始まった。

魔神家の居間には、勇二の父母と恵に加えて、招待を受けた友人たちの姿がある。

「えと……じゃあ、勇二くん、私からはこれを……いろいろ考えたんだけど、やっぱり実用的なものがいいと思って。勇二くん、よく履き潰《つぶ》してるみたいだから」

そう言って、早速プレゼントのスニーカーを渡してきたのは、勇二とは幼稚園からの付き合いである幼なじみ、今は彼の所属する格闘部のマネージャーをする『秋月《あきづき》まゆ』だ。

趣味は料理と家事で、将来の夢は素敵なお嫁さんという、今時かなり珍しい女の子である。ショートカットがよく似合う小柄な容姿と面倒見がいいことで誰《だれ》からも好かれているが、あえて欠点を挙げると、時々下手なダジャレを言うところか。

「次は、ボクの番ってことで。はい、先輩。受け取ってください。武道家なら拳《こぶし》は大切にしないといけないですから……なんて、先輩には釈迦に説法でしょうけど」

ハンドグローブをプレゼントするのは、格闘部で勇二の後輩にあたる、『仁藤美咲《にとうみさき》』だ。

女子ながらその実力は格闘部においては勇二に次ぐもので、それもそのはず、彼女は幼い時から今は亡き仁藤流柔術の道場主の父親に手ほどきを受けていた成果だった。

明るく物怖《ものお》じしない性格で、そのボーイッシュな容姿に加えて、時折、主に人をからかう際に、語尾に『にゃん』を付けて猫化するところから隠れファンも多い。

「ほな、うちのプレゼントは、これや！　大阪人の99パーセントが所有ずみと言われている、『爆裂ハリセン』や！　なっ、凄《すご》いやろ？　うちの自慢の逸品やで」

勇二も戸惑うプレゼントを渡してきたのは、クラスメートの『軽井沢成美《かるいざわなるみ》』だ。

一年ほど前に大阪から引っ越してきたポニーテールの似合う元気なナニワ娘で、今では親友となっているまゆが口にする寒いダジャレにツッコむのを常としている。成美、曰《いわ》く、

「うちがまゆを漫才における立派なボケにしたる〜っ！」といった具合に。

「男に物をあげるのは、僕の主義に反するが……そこはそれ、親友の勇二だ。通販で買った『幸福のらぶらぶペンダント』をやろう。これで明日から女の子にモテモテに……」

ある意味、成美以上に珍妙なプレゼントを選んだのは、勇二の同級生で格闘部にも所属している、『若人淳《わかとじゅん》』だ。格闘技の実力は並だが、気のいい奴で、堅物の勇二を自分と同じ女好きに引きこもうと画策している。

「モテモテねぇ……あからさまに胡散臭《うさんくさ》いにゃあ、それは」

「なんだと、美咲！　先輩に対してその暴言は許さん！　このらぶらぶペンダントのご利益でこの僕も鳳凰《ほうおう》学園一のモテモテくんに……」

「なっとらんやないか！　って、あかん。うちとしたことがまゆ以外にツッコんでもーた」

「なる……私は別になるにツッコまれたくはないんだけど」

勇二を取り巻くいつもの和やかな光景が繰り広げられる中、最後に恵が自分のプレゼントを差し出した。

「おにいちゃん、受け取ってくれる？　恵、あんまり上手じゃないから、渡そうかどうか迷ってたんだけど……ど、どうかな？」

数あるプレゼントの中でも、恵のそれは特に微笑ましく心温まるもの、自作の絵だった。

そこには、巨大化した勇二がビルの谷間でスーパーヒーローの如《ごと》く、怪獣をコテンパンに叩《たた》きのめしている光景が描かれていた。

「うん、いい絵だ。恵の気持ちが込められていて、俺にとっては世界中のどんな絵よりも価値がある。ただ一つ……いくら俺でも巨大化は無理だぞ、恵」

「そ、そうかな？　でも、恵がピンチの時はおにいちゃんだったらそのくらいは……」

「まあ……怪獣は勘弁してほしいが、なるべく恵の望みに近付くよう精進しよう。そのためにも、この絵は俺の宝物として部屋に飾らせてもらうぞ」

勇二の感謝の言葉に、恵も「うん！」と嬉しそうに微笑んだ。

「く～～っ、羨《うらや》ましい！　おお、神よ。どうして僕には恵ちゃんみたいな可愛《かわい》い妹を授けてくれなかったのですか～っ！」

若人の魂の叫びに、横にいたまゆがうんうんと同意を見せた。が、彼女の場合、勇二と恵、どちらの立場を羨ましいと思ったかは微妙だった。

何やら照れ臭くなった勇二は、それを誤魔化《ごまか》そうといきなり挨拶《あいさつ》のようなものを始める。

「今日はありがとう、みんな。俺のためにこうして貴重な時間を割いてまで集まってもらって、感謝の言葉もないくらいだ」

なんとも堅苦しい言葉ではあったが、それだけに勇二の気持ちが正直に伝わり、誕生日パーティというこの楽しい時間は日が落ちるまで続いたのだった。

☆　☆　☆

その日の夜。

休日に加えて自分の誕生日といえども、勇二は日々の鍛錬を欠かさない。彼は、N市にただ一つ存在する鏡守《かがみもり》神社の裏山、そこにある修行場に足を運んでいた。

「ふんっ！　はぁぁぁっ！　せあっ！　むんっ！　とぉおおおっ！」

精神を統一させ、気を練る。そして、それを一気に解き放つ。

その繰り返しで、勇二は彼の流派、『閃真流人応派』の型を反復していく。

勇二の放つ気が、大気を通じて周囲の木々の葉をざわつかせる。

（だが……勇一兄さんはこんなものではない。気を練るまでもなく、ただ自然に身を置くだけで、勇一兄さんは……俺もいつかはあの領域まで……！）

一通り型を終え、勇二が微《かす》かな呼吸の乱れを整えようとした時だった。

「……勇二、腕を上げたな」

用があると誕生日パーティには顔を見せなかった兄、『魔神勇一』が勇二に声をかけた。

「勇一兄さん！　いえ、兄さんに比べればまだまだです」

「その謙虚さが、お前の美点だな。今の己の力に慢心せず、素直な心で前に進むがいい」

「はいっ!!」

勇一と勇二、兄の方の体躯《たいく》が一回りほど大きい以外は、名前の通りよく似ている兄弟であった。勇二にとって勇一は目指すべき目標だったから、それは本望だろう。

こうして勇二が勇一に修行の成果を見てもらうのは、二年ぶりのことだった。

そう、今から二年前、ニューヨークで開かれた世界格闘技選手権において二年連続で優勝して以来、勇一は行方不明となっていたのだ。一部のマスコミは何か大掛かりな犯罪に巻きこまれて殺害されたという憶測を報じていたが、勇二はそれを信じなかった。

(あの兄さんが、そんなことで命を落としたりするものか！)と。

そして、一ヶ月前、何事もなかったかのように、勇一はふらりと帰ってきたのだった。

行方不明だった二年間に何があったのかは、未《いま》だ勇一はいっさい家族にも語っていない。

「……兄さん。よかったら、俺と手合わせ願えますか？」

勇二は失踪中《しっそうちゅう》のことを詮索《せんさく》するつもりは毛頭なく、ただそれだけが彼の望みだった。

だが、家に戻ってきてからの勇一の言葉はいつも同じで、この時もそうだった。

「……いや、やめておこう。勇二……すまんな」

もともと閃真流人応派を勇二に授けたのは勇一であり、失踪する前には自分の修行を後にしても付き合ってくれるほどだったのが、今はこの有様だ。

当初は「俺は兄さんに見離されたのか…」と落胆した勇二も、勇一の様子から何か他に理由があるのだろうと理解していた。しかし、分かっているのはそこまでのこと。今日こそはその『理由』を問い詰めようと勇二が口を開きかけた時だった。

「勇二……お前は、男が生きていく上で必要なものはなんだと考えてる？」

機先を制するように、勇一の方から勇二に質問が投げかけられた。

「必要なもの……それは、強さ……ですか？」

「強さ、か。間違いではないが、俺が問うているのは、その源となるもののことだ」

「源……？」と考え込む勇二に、勇一が解答を示す。

「俺は、二つあると思っている。一つは……生涯、愛する女。そしてもう一つは……真の好敵手、ライバルとも言える、互いを高め合う唯一無二の存在だ」

「愛する女に……好敵手……」

そう呟いた勇二は、頭の中でその二つに思いを巡らせる。硬派な彼に前者は見つからず、後者の方もあえて見つければ『兄さん』かとも思ったが、それも違う気がした。

思索の迷路に迷い込み、「う～ん」と唸《うな》り続ける勇二を見て、勇一が苦笑する。

「勇二、そう真面目《まじめ》に考え込むものではない。愛する女も好敵手もお前が強さを求めていくうちに自然と見つかるはずだ。今はそういうことだと理解しているだけでいい」

「はい。兄さん、ありがとうございましたっ！」

律儀に頭を下げて礼を述べる勇二に、勇一は温かい眼差《まなざ》しを送る。

勇一が勇二に示した言葉は、言わば彼への誕生日プレゼントだったのだろう。

勇二も尊敬する兄に一人の男として認められたような気がして、手合わせをしてもらえなかったことも忘れてしまうほど嬉しかった。

☆　☆　☆

「互いを高め合う存在……好敵手、か」

時刻は十一時を回っていた。風呂《ふろ》で汗を流して自室に戻った勇二は、ふと兄に言われたことを思い出して呟いた。同時に、壁に貼《は》った一枚の紙が目に留まる。

『断じて行えば、鬼神も之《これ》を避く』

それも、以前に兄の勇一から教えられた言葉を書き止めたものだった。

「どんなに苦しい時でもこの言葉を胸にして、俺は苦難を乗り越えてきた。勇一兄さんの強さも、心の中にいる好敵手と常に向かい合うことで育《はぐく》まれてきたのだろう。だとしたら、俺も更なる強さを得るにはやはり好敵手を……」

強さのもう一つの源、『愛する女』については無意識にすっかり棚上げしてしまっているのが、勇二らしい。

明日からの鍛錬に備えて「よしっ！」と気合を入れて勇二が就寝しようとした時、部屋の扉がコンコンとノックされた。

「……おにいちゃん、起きてる？」

部屋の外から聞こえてきたのは、遠慮がちな恵の声だ。

勇二が「ああ、起きてるぞ」と返事をすると、扉が開いてその隙間《すきま》から恵がひょっこりと顔を出す。その手には愛用の枕《まくら》があり、恵の意図は明らかだった。

「えとね……えと……ねぇ、おにいちゃん。今日、一緒に寝ていい？」

「……しょうがないな、恵は。まあ、今日は素敵なプレゼントをもらったし、パーティの料理を作るのでも頑張ったことだし……そのお返しというか、特別だからな」

恵が甘えん坊になってしまうのも、このようにそれだけ勇二が甘いせいもあるのだろう。

「わぁい、ありがと、おにいちゃん」

ぱあっと顔を輝かせた恵は、すぐさまスルッと勇二の布団に潜り込んだ。

「あっ……でも、お返しだったら、次の日曜日に遊園地に連れていってほしいなぁ、恵」

恵の可愛いおねだりには、勇二もため息をつきつつ承諾せざるを得ない。

「分かった、分かった。お願いはもうそれだけだろうな」

「えっ？　じゃあ、ついでにもう一つ……んとね、恵の手、握っててほしいの」

そう言って、恵は小さな手をおずおずと勇二に差し出した。

「やれやれ、相変わらず甘えたがりだな、恵は。これでいいか？」

勇二の鍛えられたごつごつとした手に、恵の柔らかい手が包まれる。

「うん。これなら眠ってても、おにいちゃんが側《そば》にいるって分かるね」

「変なことを言うやつだな。眠ってしまえば分からんだろ？」

「いいの！　恵にはちゃんと分かるんだから。それと、一つだけ誤解を解いておきたいんだけど……恵が甘えん坊さんなのは、勇二おにいちゃんの前だけだからね」

「ん、そうなのか？」

勇二の問いにクスッと笑って「そうだよ」と答えた恵は、「絶対、スカイコースターには乗りたいなぁ」などと来週の遊園地行きへの期待をいろいろと口にしていたと思ったら、いつの間にか「すぅ、すぅ…」と寝息を立てていた。

「ふっ……おやすみ、恵」

恵の寝顔にそう言葉をかけて、勇二も眠りについた。

こうして、平凡だが、幸せに満ち溢《あふ》れた休日が終わった。

それがどれだけ貴重なものだったか、後に勇二が幾度も思い返すことになる一日が……。

☆　　☆　　☆

翌日の早朝。恵を起こさないよう布団を出た勇二は、修行場へと向かった。

幼少の頃から一日たりとも欠かしたことのない、毎朝の鍛錬である。

修行場のある山を軽く一周し、そして座禅を組んでしばし瞑想《めいそう》に耽《ふけ》り、続いて打ち込みと、勇二はいつものメニューをこなしていく。

「はぁぁぁ……さて、そろそろ戻るか。もう恵が起こしに来る頃……あっ、そうか。今日はその必要がなかったな」

恵に起こされるためにいつもはこの鍛錬の後、自室の布団に戻って二度寝するのも勇二の日課だったわけだ。それが今朝はその布団の中に恵自身のいることを思い出して、勇二は修行場からの帰り道、ぶらりと鏡守神社に立ち寄った。

ゆるやかな坂道に敷き詰められた石畳、その奥に神社の社がある。両脇《りょうわき》には身の丈ほどの石灯籠《いしとうろう》が並んでいて、地方の神社としては割合、大きな方だろう。

「静かだな……神社仏閣のこういった雰囲気には何やら身が引き締まる……んっ！」

境内に足を踏み入れていた勇二は、背後から急襲を受けた。竹箒《たけぼうき》による、「えいっ！」と頭をつつかれるという、痛くはないが格闘家として屈辱的な一撃を。

「後ろ頭が叩いてくださいと私に言っていたもので……モグモグ……お参りですか？」

そう言って少しも悪びれていない襲撃の犯人は、巫女《みこ》装束の少女だった。

早朝だからだろうか、眠そうな目をした彼女は後ろで結った黒髪も艶《つや》やかでなかなかの美少女だったが、硬派の勇二はその点には興味がない。彼が印象的に感じたのは、少女が口によもぎ餅《もち》を咥《くわ》えながら話していること、そして……。

「いや、お参りでは……というより先程までは人の気配すら感じなかったのだが」

「私は、『鏡守萌木《かがみもりもえぎ》』と申します。『もえもえ』とお呼びください。モグモグ……」

本人がそう望む以上、生真面目な勇二は『もえもえ』と呼ぼうと一度は試みるが、そういった軟弱な呼び方は彼にとってどんな敵と対するよりも困難なことだった。

「もっ、もっ……すまん！　できれば、普通に呼ばせてほしいのだが」

「はぁ……では、萌木で結構です」

萌木は少し残念そうにため息をついて、そう言った。

「そうか、助かる。では、萌木。鏡守という名字からすると、萌木はここの宮司の娘さんなのかな。あまり見かけたことはないが」

「よもぎ餅、好物なんです。母さまが作ってくれたのが私とよもぎ餅の出会いで……」

「そ、そうなのか……いや、そういうことを聞いたわけでは……」

「よもぎ餅、食べます？　美味《おい》しいですよ」

「いや、いい。あっ、その、別によもぎ餅が嫌いというわけではないからな」

勇二は、天然ボケというべき萌木との会話が噛《か》み合わず、調子を狂わされる。

そのうちに、よもぎ餅を咥えたまま、萌木がじっと勇二を見つめ始めた。まるで心の奥底まで見抜くような眼差しで。そして、萌木はポツリと呟いた。

「闇《やみ》迫りし時、刻印現る……絆《きずな》と共に新たなる力が……そう、人との絆を大切に……」

何かのお告げめいた萌木のその言葉は、勇二も黙って聞き逃せない。

「萌木……今のは、どういうことなのかな？」

「さあ……私にもよく分かりません。ただ……星が脅《おび》えています……そして、貴方《あなた》の慟哭《どうこく》に満ちた運命が動き出そうとしています……」

「悪いが、ますます君が何を言いたいのか分からないのだが」

口にした当の本人もそれは同様なのか、萌木の澄んだ瞳《ひとみ》が不安から揺らぐ。

「貴方は……誰？」

「俺か？　ああ、まだ名乗っていなかったか。俺は、魔神勇二といって……」

「いいえ。知りたいのは名前ではありません。私が尋ねているのは貴方の……」

萌木の話が核心に入ろうとした時、勇二の背後から声がした。

「……おにいちゃん。やっぱり朝の修行に出てたんだ。恵も起こしてくれればいいのに」

「なんだ、恵か。いや、あんまり早く起こすのは悪いと思ってな。そうだ、こちらは……」

一瞬だけ恵の方へ振り返った勇二が再び向き直ると、目の前にいたはずの萌木の姿は消えていた。現れた時と同じに去っていった気配も見せずに。

「いない？　馬鹿《ばか》な……今までここにいたはずなのに……」

「ん？　おにいちゃん、何言ってるの？　そんなことより、さあ、朝ご飯、朝ご飯♪」

まるで夢でも見ていたような心持ちのまま、恵に手を引っ張られて鏡守神社を去っていく勇二であった。

☆　☆　☆

奇妙な出会いとは重なるものなのか、朝食を摂った後、鳳凰学園に登校した勇二をその正門の前で待ちうけている一人の少女がいた。

「ふ～ん、あなたがそうなんだ。魔神勇二……でしょ？　それにしても、自分が狙《ねら》われてるとも知らずに呑気《のんき》なものね」

恵と同じ歳くらいだろうか、腰まで伸びた長い髪と眼鏡《めがね》の奥から覗《のぞ》くシニカルな瞳が印象的な彼女は、『天童来夢《てんどうらいむ》』と自分の名前を言った。彼女の着ている制服は、勇二の通う自由な校風の鳳凰学園とは対照的な、所謂《いわゆる》お坊ちゃんお嬢さんが多い中央学園のもののようだ。

「天童来夢？　君とは初対面だと思うが、俺に何か用があるのか？」

「今日は顔を見に来ただけ。『破滅をもたらす者』が、どんな人か……ってね」

相手が年下の女の子とはいえ、遠慮なしにじろじろと見られるのは勇二も面白くない。

「君がどういう子だかは知らんが、目上の者に対してそのぞんざいな口のきき方はよくないな。それは君だけではなく、君の両親のしつけまで悪いと受け取られて……」

勇二のその言葉に、今まで冷笑を浮かべていた来夢の表情が強張《こわば》った。そして、小脇に抱えていたピンクのクッションのような、ヌイグルミのようなものを勇二に投げつける。

難なくそれをかわす勇二だったが、ポトリと地面に落ちるはずである来夢の投げた物体が、ふわふわと宙に浮かんだままなのには驚かされる。

「それは……風船か？　いや、それにしては風もないのに宙を移動しているような……」

勇二の指摘通り、その物体は何らかの意志を持つように再び来夢の手に戻った。

「そんなことはどうでもいいのよっ！　私はあなたに興味があるの。研究材料としてね」

冷静さを取り戻しつつある来夢の腕の中で、例の物体が「にょ〜」と声らしき音を放つ。

「まあいいわ。そのうちじっくり調べさせてもらうから。今日はこれで失礼するわね」

言いたいことだけ言うと、来夢はさっさと勇二の前から去っていった。

訳が分からずそれをただ見送るだけの勇二は、来夢、そして早朝の萌木と、この二人との出会いがこれから起きる出来事の前兆だとは知る由もなかった。

☆　☆　☆

放課後。勇二にとってその時間の大半は格闘部での稽古《けいこ》で占められる。

「さあっ、今日も気合入れていくぞっ！　いいか、みんなっ！」

主将である勇二の掛け声に、道場に居並ぶ部員一同にも気合が入り、稽古が開始される。

準備運動が終わると、まずは基本的な型の反復練習だ。

正拳突《せいけん》き……呼吸を整え、構えを取る。そして気を込めた拳を交互に繰り出す。

肘打《ひじう》ち……姿勢を低くして構え、一気に踏み込む。そしてそのまま肘を押し出すように。

主将の勇二を中心に部員たちが稽古に励む。そこには口だけは威勢のいい若人、それを叱咤《しった》する美咲、それにマネージャーとしてかいがいしく世話をするまゆの姿も見える。

実のところ、この鳳凰学園格闘部は名門、強豪というほどではない。勇二が入部してくるまではせいぜい地区予選止まりだったし、今もまともに彼と手合わせできるのは女子の部で全国二位に輝いた美咲くらいのものだ。

そのため、自然と勇二がコーチ役にならざるを得ないのが現状である。

しかし、それは勇二にもマイナスではなかった。実力者との手合わせなら出稽古をすればよかったし、何よりも人に教えるという行為から学ぶことも少なくはなかったのだから。

「……魔神くん、ちょっといいかしら？」

稽古の合間の小休止の際に、勇二にそう声をかけてきたのは、格闘部の顧問である英語教師、『シモーヌ・京子《きょうこ》・ホワイト』だった。

その名前から分かるように、ハーフたる京子は金髪碧眼《へきがん》の美人教師で、彼女目当てに格闘部に入部した者も、堂々とその事実を口にする若人だけではなかった。もっとも、その大半の者は若人ほどの根性はなく、すぐに退部していったが。

「魔神くん、練習試合の申し込みがあって、その予定について話したいんだけど」

「ええ、構いませんよ。じゃあ、若人……じゃなくて、美咲、もうワンセット反復練習を」

一応、副将は若人だったのだが、勇二は稽古の続きを実力はナンバー2の美咲に委《ゆだ》ねた。

「トホホ……先輩の面目丸つぶれ…ってか」

そう嘆いてみせるのはポーズに過ぎず、形式や肩書きに囚《とら》われない度量の広さを若人は有している。それを勇二が知っての行動であり、軽薄な遊び人という一面だけで若人を見ていないからこそ、二人は親友同士と成り得ていたのだ。

一通り練習試合についての打ち合せがすむと、京子は少し言いにくそうな態度で勇二に一つの話題を振った。

「その……勇一さん、一度、道場に顔を出してくれないかしら。うちの部員も勇一さんと魔神くんの手合わせを見たら、勉強になると思うのだけど」

「俺も話はしてみたんですが……勇一兄さん、いろいろと忙しいらしくて、その……」

竹を割ったような性格の勇二にしては歯切れが悪い。それには訳があった。

京子の格闘部顧問というのは名ばかりのものではなく、彼女には格闘技の心得があり、その縁から勇一とは過去に恋人関係にあった。二年前に勇一が謎《なぞ》の失踪を遂げる前までは。

一ヶ月前に勇一がこのN市に戻ってきてからも、二人の関係は修復には至っていない。

二人の橋渡しをするのに好都合な人物が、よりにもよって男女間の問題をこの世で最も苦手とする勇二だったのだから、そういう意味では都合が悪かった。

それでも若干表情に憂いを見せる今の京子を目にしては、勇二も『漢《おとこ》』としては放っておけず、懸命に言葉を紡ぐ。

「あの……勇一兄さんは日本に帰ってきてから、先生に会いに行ってないんですか？」

勇一を責めるようなニュアンスの勇二に向かって、京子は顔に笑みを作る。

「そうね……電話が一回、あったくらいかしら」

「そんな……先生、家に訪ねてきてください。事前に教えてくれれば、俺がなんとしても兄さんを……」

「いいのよ、魔神くん。勇一さんが無事かどうか分からなかった二年間に比べれば、今、少し待つくらいなんて、どうということはないわ」

「けど、それでは先生が……！」

もともと当事者同士ではないので結論の出るはずもない勇二と京子の会話は、道場に足を踏み入れた一人の男の登場によって強制的に打ち切られた。

「ふん、生ぬるい空気だ。『格闘部』とか名乗っていても所詮《しょせん》は学生のお遊びに過ぎぬな」

そう言って、長身の男は冷ややかな薄笑いを浮かべながら道場内を見渡す。

その彼にやれやれといった顔で近付いていくのは、若人だ。

「あ〜あ、又、道場破りの御登場ですか。今月に入ってこれで、ひぃ、ふぅ、みぃ……の四人目か。どーせ、あんたも勇二が目当てなんだろ……あぐっ！」

男はモーションもなくいきなり若人の腹部に掌底を叩き込んだ。そして、くぐもった呻《うめ》き声と一緒に床に崩れ落ちる若人を一瞥《いちべつ》もせず、男はゆっくりと道場の中央に進み出る。

若人が言った通り、前年度の全国学生格闘技選手権優勝者たる勇二に対して、道場破りを気取った者の来訪は珍しくなかった。だが、矛盾の色、紫の拳法着《けんぽうぎ》らしき服を身に纏《まと》い、髪を短く刈り込んだ長身のその男が発する雰囲気は今までのそういった類《たぐい》の者たちとは格段に違い、危険な匂《にお》いを漂わせている。

「若人！　大丈夫？　いきなり攻撃するなんてひどいじゃないか！」

「攻撃？　俺はただ前に進むために障害物を排除したまでのことだ」

「排除って……よーし、じゃあ、今度はボクが相手になってやる！」

意気込む美咲を、勇二が黙したまま手で制した。

それを目にして、男の双眸《そうぼう》に殺気の影が揺らぐ。

「ほぉ……どうやら貴様が、魔神勇二のようだな」

「どこの誰かは知らんが、稽古の時間が終わるまで待っていろ……と言っても、どうやら聞いてもらえないようだな」

「いや、待つのは構わんが、時間の無駄だ。何しろ、一瞬で勝負は決するのだからな」

「俺にハッタリは通じない。語るべきは拳のみ。行くぞぉっ！」

気合と共に、勇二は拳を叩きつけた！

だが！　男の言葉は嘘《うそ》でもハッタリでもなかった。

勇二の鋭い一撃を男は涼しい顔で受け止めたのだ。

そして、当の勇二も含めた周囲の者が男の動きを目で捕らえることができたのは、そこまでだった。微かに男の動きが残像として見える中、勇二は棒立ち状態で一方的に攻撃を受け続ける。その旋風が止んだ時、男の足元に膝《ひざ》をつく勇二の姿があった。

「嘘……先輩が……先輩が手も足も出ないなんて……」

辛うじてそう声を出すことができたのは美咲だけで、残りの者はただ目の前の光景を茫《ぼう》然《ぜん》と見つめるだけだった。その美咲でさえも、男の殺気に射すくめられて恐怖から身動き一つとれなかった。

「ふっ、『魔神』の血も同時代に二人も強者は産まぬというわけか。これがあの勇一の血筋の者とは、ワザワザ足を運んできた甲斐《かい》というものがない」

「ぐっ……お前……勇一兄さんのことを知ってるのか？　一体、何者だ！」

「聞きたいか……いいだろう。我が名は鴉丸羅喉《からすまらごう》」

「鴉丸……その名は確か……三年前の世界格闘技選手権の決勝で兄さんと死闘を繰り広げた……いや、しかし……」

勇二がその名前を忘れるわけはなかった。その決勝は、勇一が『人応派』、鴉丸が『神応派』という違いはあったが、同じ閃真流格闘術を使う者同士の闘いだったのだから。

そして、勇二が戸惑ったのも無理はない。テレビ画面を通してでしか見てはいなかったが、その時の鴉丸は、勇一が『剛』とすれば『柔』とするような静かな人物で、今目の前で凶々しい殺気を放っている人物とはまるで別人だったのだ。

「三年前の兄にも及ばぬとは……つまらぬな。ここで終わりにするか」

嘲笑《あざわら》うように口元を歪《ゆが》めた鴉丸の全身から、はっきりとした殺意が迸《ほとばし》った。

「お願いです。もうやめて！　これ以上……これ以上、ひどいことしないでください！」

倒れたままの勇二を抱きすくめるようにして鴉丸から庇《かば》ったのは、まゆだった。

「よせ、秋月！　俺からすぐに離れるんだ」

「いやっ！　このままじゃ、勇二くんが殺されちゃう！」

まゆに対しても、鴉丸は殺気を放つのをやめない。

「女……そこをどけ。くだらぬ男の犠牲になって……死を迎えてもいいのか？」

まゆの身体が恐怖に波打つ。だが、それでも勇二を必死に庇い続ける。

「どか……ない……絶対に。それに……勇二くんはくだらない人なんかじゃない！」

懸命に抗《あらが》うまゆの言葉を受けて、鴉丸の殺気が大気に溶けるように消え失《う》せた。

「そうか……女、貴様は魔神勇二に捧《ささ》げられる……いや、それはまだ分からぬか。今、確かなのは貴様が大した女だということだ。圧倒的な力の差を見せつけられて闘志を失ってしまった情けないその男とは大違いだな」

「な、何ぃ！　くっ……」

屈辱、その二文字に勇二は怒りから立ち上がろうとしたが、的確に急所を撃ち抜いた鴉丸の攻撃で受けたダメージのせいで、それは不首尾に終わった。

「その女の度胸に免じて、今日は見逃してやろう。そう、俺はいつでも貴様に死を……無を与えてやることができるということだ。だが、それではやはりつまらぬ」

「い、言わせておけば……つまらぬ、だとっ！」

「貴様には魔神勇一を超えてもらう。何故《なぜ》なら……ふっ、いずれは分かることか。それに、未熟な貴様にはまだまだ絶望が必要なようだ。身を焦がし、全てを憎むほどの絶望がな」

「絶望だと……どういう意味だ。それは！」

「今すぐ家に戻ってみるがいい。そこに絶望がある」

そう言うと、鴉丸は来た時と同様に悠然と道場から去っていった。

「待て、鴉丸、待てぇっ！　俺はまだ負けては……俺はまだぁぁぁぁっ！」

勇二のその叫びこそ、彼が決定的な敗北を喫したという何よりの証拠であった。

☆　　☆　　☆

一つの敗北から己の未熟さを思い知り、それを次の目標、決意へと昇華させる……そんな時間は、鴉丸の不吉な暗示のせいもあり、今の勇二には与えられなかった。

まゆや京子らの制止を振り切り、傷付いた身体を引きずって勇二は自宅へと急いだ。

もう日が落ちたというのに、何故か自宅の明かりはついていない。

心に忍び寄る不安を打ち消し、勇二は静かに玄関の扉を開けた。

「父さん、母さん、いるんだろ！　兄さん！　恵！」

靴も脱がずに真っ暗な家の中に、居間に入った勇二は、家族の名前を呼びながら手探りで壁にあるはずの明かりのスイッチを探る。

ぬるりとした感触が指先に伝わると同時に、勇二の鼻腔《びこう》がその正体、血臭を感じ取った。

続いて焦げたような匂いと共に、どこからか火の手が上がり、その光が勇二に室内の凄《せい》惨《さん》な様子を目にさせた。

無惨に身体を切り裂かれ、血の海の中で息絶えた父と母の姿を。そして……。

「勇二か……遅かったな。辛うじて生き残っているのは……もう、この恵だけだぞ」

全身に父と母のものだろう返り血を浴び、今も片手で高々と掲げながら恵の首を絞めているのは、誰あろう兄の勇一だった。

「な……何をしているんだ……兄さん……」

認めたくない現実を前にして思考が停止し、呆《ほう》けたように勇二は尋ねた。

対して、勇一はその勇二が心から信頼していたはずの優しい笑みを浮かべて答える。

「見て分からんか？　恵を……愛《いと》しい我が妹をこの手で殺してやるところだ」

勇一の手に力がこもると、恵の身体は糸が切れた時の操り人形のようにビクンと揺れた。

その苦しむ姿を勇一は穏やかな表情で、そう、殺してやることが慈悲であり当たり前であるかのように見つめていた。

「あうっ……お、おにい……ちゃん……」

微かに聞こえた恵の声が、勇二を呆けた状態から解放する。

「やめろ、兄さん……恵を……今すぐ恵を離せぇぇぇぇっ！」

勇二は突進する。それを勇一は恵を無造作に脇に投げ捨てることで避けた。

宙を舞う恵の身体を受け止めた勇二は、勇一に向かって心の叫びをそのままぶつける。

「何故だ……何故、兄さんが父さんと母さん、そして恵を……答えてくれぇぇぇっ！」

「全ては……勇二、お前に原因がある。世界を破滅から救うため、お前は生きていてはいけない存在なのだ」

「何を……何を言ってるんだ、兄さんは……？」

「悪く思うな。これも任務だ。俺はお前の兄であると同時に、世界の平和を維持する『組織』の一員でもある……だが、俺のすべきことはどうやらここまでのようだ」

そう言い残して、勇一は火の手が広がり次々と立ち昇る炎の柱を目くらましに利用して姿を消した。

「待て、兄さん。まだ話が……！」

勇一の後を追おうとした勇二の足は、腕の中にいる恵の声に止まった。

「お……にい……ちゃん……勇二……おにいちゃん、痛いよ……身体中が痛いの……」

身体から流れ出る夥《おびただ》しい量の血が、恵の衣服を真紅に染め上げていく。

「恵！　俺はここにいるぞ。大丈夫だ。今すぐ病院に……」

「恵……お部屋でおにいちゃんの帰りを待っていただけなのに……急に誰か知らない男の人がおウチに入ってきて……パパが『逃げろ』って……あっ、パパ……ママ……どこ？」

「……すぐ側にいる。父さんも……母さんもだ。だから、しっかりするんだ！」

恵は「うん」と頷《うなず》くが、すぐに激しく咳《せ》き込《こ》み出す。

「おにいちゃん……苦しくて息が……けほっ、けほっ……恵、死んじゃうの……かな？」

「馬鹿なことを言うな！　死にはしない。俺が死なせるものかっ！」

「そう……だよね。恵も死ぬのはいや……だって、まだやりたいことといっぱいあるんだもん……でも、恵、怖いの……このまま消えてしまいそうで……怖いよ、おにいちゃん……」

既に虫の息で視力も失いつつある恵は、最後の力を振り絞って片手を宙に差し出す。

勇二はその手に自分の手を重ねた。そして、優しく握りしめる。

「ああ、おにいちゃんの手だ……こうしてると、恵、もう怖くないの……だって、おにいちゃんが側にいるって分かるから……」

そう言って、恵は弱々しく微笑んだ。

「ずっと側にいる……俺はずっと側にいるぞ。恵、来週の日曜日は一緒に遊園地だろ？」

「そうだよね……おにいちゃんと……一緒に……スカイコースターに乗って……いっぱいお喋《しゃべ》りして……アイス……クリーム……食べて……それから……それから……」

「ああ、全部……なんだって付き合ってやる。だから、恵……」

恵の手から力が抜けていく。

「ありがとう……おにいちゃん、大好き……ずっと……一緒だ……よ……ずっ……と……」

……それ以上は、いくら待っても恵が勇二の言葉に答えることはなかった。

「駄目だ、恵……目を開けてくれ……恵……恵……恵ぃぃぃっ！」

紅蓮《ぐれん》の炎が家を包み込む中、勇二は事切れて冷たくなっていく妹の身体を抱きしめながら……泣いた。ただ、泣いた。

☆　　☆　　☆

『うおぉぉぉぉぉぉぉぉぉぉぉぉぉおっ！』

そんな勇二の咆哮《ほうこう》を耳にし、焼け落ちる魔神家を見つめている一人の男がいた。

「……けっ、このまま焼け死んで終わりとはな。期待外れもいいとこだぜ」

吐き捨てるようにそう呟いた男は、異形の者としか言いようのない姿をしている。

パンクロッカーの如く天に逆立てている髪はまだマシな方で、その下は明らかに何らかの改造を施された機械部分が剥《む》き出しになっていた。喋るたびに何かのチューブらしきものがうねり、おそらくは口であろうその位置からカプセルに包まれた脳みそが垣間《かいまみ》見える。

身体の他の部分で特に目立つのは、五本の手の指の代わりに装着されたカギ爪《づめ》の存在だ。

男は焼け落ちた『魔神』と刻まれた家の表札を拾い上げると、それを宙に投げた。

斬《ざん》！　斬斬斬斬斬斬斬斬…………！

一瞬のうちに男の手により細かく刻まれ、表札は霧散した！

「……面白くねえ。本来なら、魔神勇二がこうなるはずだったのによぉ」

「お前が……お前がやったのかぁぁぁぁっ！」

その叫びと共に姿を見せたのは……魔神勇二、その人である。

崩れ落ちる魔神家から火の粉を纏い飛び出してきた勇二は、両腕に父と母の、背中に妹の恵の亡骸《なきがら》を抱えていた。彼の第一声の根拠は、その父と母の亡骸にあった。二人の身体は今、男が見せた芸当の産物、表札と同様に鋭利な刃物によって切り裂かれていたのだ。

そう、勇二の父と母を切り刻んだのも、この男の手によるものだった。

その暗殺者としてのコードネームは、『クレイジーキラー』という。

勇二は叫ぶ。頭の隅でそれが無駄とは分かっていても、叫ばずにはいられなかった。

「何故……何故、こんなことを……！」

「それは、お前が『破滅をもたらす者』だからだ。つまりは、この世界を救うためさ」

どのような理由を聞いても納得できるはずもない勇二だったが、この理不尽かつ意味不明な答えには、怒りのパワーゲージがリミットまで急上昇する。

「ふざけるなぁっ！　何が破滅だ、世界を救う、だあぁぁぁぁっ！」

「別にふざけてはいないのだがな。まあ、これから死へといざなわれるお前にこれ以上は話しても無駄だな。冥土《めいど》の土産はなしで逝《い》ってもらうぜ」

死へのいざない……その言葉が決して大仰ではないことをクレイジーキラーの放つ殺気から感じた勇二は、自然に闘気を纏い身構える。

「俺の死が目的だとしたら……どうして、父さんや母さん……そして……そして……」

「話は終わった。もうお前は死ぬだけだ。お前が背負っている、その小娘のようにな」

人の身体は生きている時よりも死んだ時の方が重く感じられる、という。

だが、今の勇二は背中の恵を「軽い」と感じていた。それが魂の不在、すなわち『死』であると再認識し、勇二の心は絶望に覆われる。そして、その絶望はすぐに目の前にいる男、クレイジーキラーへの憎悪に変わった。

「お前が兄さんの……いや、あの男が言った『組織』とやらの一員であるかどうかなど細かいことはもういい。お前に言うべきことはただ一つ……許さんっ！」

迫る闘いに備えて、勇二は抱えていた愛する家族の亡骸をそっと地面へと下ろした。

そして、呼吸を整え、丹田に力を込めると、勇二はクレイジーキラーと対峙《たいじ》する。

「ゆくぞぉぉぉぉぉっ!!」

魔神勇二VSクレイジーキラー。その闘いの火蓋《ひぶた》はここに切られた。

クレイジーキラーの武器、鋭利な長いカギ爪への対抗策として、勇二は一気に間合いを詰めた。そのまま相手の懐に入って掌底を叩き込み、動きが止まったところを……。

「なっ………！」

勇二のその目論見《もくろみ》は初手から外れる。傍目《はため》から見ても虚を衝かれると思われるほど、勇二の動きは素早かった。が、クレイジーキラーはそれ以上の速さで回避したのだった。

「おいおい、何をそんなに驚いた顔をしてる。もっと真面目にやれよな」

「戯言《ざれごと》をっ！　まだまだだぁぁぁっ！　真王肘ぅぅぅっ！」

一瞬にして背後に回ったクレイジーキラーに対して、勇二は連続攻撃を仕掛ける。

肘打ち……！　正拳突き……！　回《まわ》し蹴《げ》り……！　二段蹴り……！

勇二はただ闇雲に攻めていたわけではない。相手の隙を的確に見つけフェイントも交えて拳を蹴りを打ち込んでいたのだが、それは悉《ことごと》く空を切った。クレイジーキラーの驚異的なスピードは今まで鍛錬してきた格闘技の技術を嘲笑っているかのようだった。

ザシュッ！　プシュゥッ……！　バシュッ！　プシュウウウッ……！

クレイジーキラーも単に避けているだけではない。そのたびにカギ爪が一閃《いっせん》し、勇二の身体に確実に亀裂《きれつ》が生まれ、鮮血が夜の闇に弧を描いた。

「強化サイボーグの俺に勝てるとでも思ったのか？　甘いぞ、『破滅をもたらす者』！」

圧倒的！　あまりにも圧倒的な力量の差が勇二とクレイジーキラーの間には存在した！

「……さあ、そろそろ仕上げの時間だ」

クレイジーキラーが両のカギ爪を身体の前でクロスさせた次の瞬間、勇二の両足の腱《けん》がズタズタに引き裂かれた。これにはさすがに勇二も遂《つい》に地に伏した。

「さて、次はどこを切り刻んでやろうか……久々の上等な獲物だ。この皮の下には、さぞかし鍛えられたいい色をした筋肉が……たまらねえぜ」

舌なめずりするだけでは飽き足らず、カギ爪に舌を這《は》わせて『快楽殺人者』たる証《あか》しを見せる、クレイジーキラー。初めて感じる戦慄《せんりつ》の対象が、ゆっくりと身動きのとれない勇二に迫る。それは、父、母、妹に続き、彼自身の死を意味していた。

（これまでなのか……父さん、母さん、恵の仇も討てず、俺はこのまま奴の手で……いや、駄目だ！　我が閃真流人応派に『諦《あきら》め』という言葉は存在しない！）

腱の切れた足で立ち上がろうとする勇二。その背中を腹立たしげにクレイジーキラーはむんずと足で踏み潰した。

「しぶとさだけは一人前ってか。だったら、一気にてめえの脳漿《のうしょう》、ぶちまけてやるっ！」

クレイジーキラーのカギ爪が掲げられた。振り下ろされる先は、当然、勇二の頭部！

（……力だ。力が欲しい！　この先、俺はもう何一つ望まん。だから、今、こいつを倒す力を俺に……！）

「我が肉体こそ全て」と、いまだかつて神仏に頼ったことのない勇二が、この時初めて何者かに対して祈った。

されど……その時は何も起きなかった。

奇跡……そう、あえて奇跡と呼ぼう。それが起きたのは、やはり人の感情、心が為せるものであった。

きっかけは、勇二の衰えぬ闘志に少なからず動揺していたクレイジーキラーが、その瞳に自ら以外の存在を頼る光を見出し、トドメを中断したことにあった。

「ふっ……思えば、てめえも哀れな奴だよな。信じていた兄貴に家族を殺されちまったんだからな。そこで、一つだけいいことを教えてやろう。この任務が終了した後にはてめえの兄貴も無事じゃあすまない。たぶん、『組織』に始末されるだろうよ」

「なっ……何ぃっ！」

「『破滅をもたらす者』の身内は例外なく全て抹消する……ルワイルがそう言ってたからな。だから……安心して、てめえも死にやがれぇぇぇっ！」

そう叫ぶのに続いて、クレイジーキラーのカギ爪が月光に照らされ、煌《きらめ》いた！

斬……！

……のはずだったカギ爪は、勇二の頭部寸前で受け止められた。今まで見切ることのできなかったその攻撃を右腕一本で。そして……。

「あの男は……あの男は、お前たちなどに殺させはせんっ！」

「チッ、最後の足掻《あが》きか。それも、麗しい兄弟愛ってとこか」

「違うっ！　あの男が兄であるという事実は変えられんが、俺の中ではもう違う。これから、あの男、『魔神勇二』のことは『兄』と書いて『仇』と読ませてもらう！」

勇二の瞳に闘気の光が戻った。それだけではない。

クレイジーキラーのカギ爪を止めた勇二の右腕に突如、逆十字の形をした痣《あざ》のようなものが浮かび上がったのだ。

更に、その痣を中心に勇二の身体は燃え上がるほどに熱くなり、無数に存在する血まみれの傷口がみるみる塞《ふさ》がっていった。

更に、更に、更に！『燃え上がるほどに』というのが単なる形容詞に終わらず、勇二の右腕を炎の如きオーラが包んでいく。オーラは勇二が拳に力を込めれば込めるほど熱く燃え盛り、その余波を受けてクレイジーキラーの特殊鋼で作られたカギ爪も砕け散った。

「ま、まさか、それは……ルワイルの忠告にあった、『破滅の刻印』！　これが、世界に破滅をもたらす力だというのか……！」

クレイジーキラーが驚愕《きょうがく》の声を洩《も》らした。

それが油断を招いたのか？　否！　地に伏した状態から宙へと飛んだ勇二の一連の動きは、これまでとは比べものにならなかった。

「破、破、破、破、破、破、破、破、破……はああああっ!!」

「ぐはぁぁぁぁぁっ！」

この日初めて勇二の攻撃がクレイジーキラーに決まった！

そして、勇二の蹴りを受けたクレイジーキラーは派手に吹っ飛び……はしない。

勇二の驚異的なパワーがそれを許さなかったのだ。クレイジーキラーの足元がその形にズン！と地面にめり込んでいることから、それが分かる。

「くっ……図に乗るなよ、小僧。俺を本気にさせたことを後悔させてやる」

クレイジーキラーは自分から勇二と間合いを開けて、カギ爪を新たなものへと換える。

それは身の丈の半分ほどの長さで、爪自体の本数は倍以上に増えている。

「光栄に思えよ。俺の生涯でもこの技を出すのはこれで三度目のことだ」

そう言うと、クレイジーキラーは今までの俊敏な動きとは一変して、ゆっくりと勇二に向かって歩を進める。目にも留まらぬのは、今度はカギ爪の方だった。身体の前面で縦横無尽に揮《ふる》われるカギ爪はその残像もあって、一種の壁のようなものを形作る。壁といっても、それは触れるだけで身を切り裂かれる危険なものであることは間違いない。

「これぞ、俺の秘技中の秘技、『百花繚乱《ひゃっかりょうらん》』！　てめぇの身体をミンチにして、血の花を咲かせてやるぜぇぇぇっ！」

暗殺には不向きだろうが、まさに攻防一体の技といったところか。

一旦《いったん》、退《ひ》くか？　それとも、隙を見つけてクレイジーキラーの背後、もしくは頭上へと

飛ぶか？　だが、勇二はそのどれも選ばず、悠然と前へ進む。

「ひゃっひゃっひゃ……自棄になったか、『破滅をもたらす者』！　ならば、せめてもの情けだ。一瞬で細切れにしてやるぅぅぅっ！」

クレイジーキラーの宣言に構わず、勇二はカギ爪が作る渦の中へ……。

そして、血の花は咲いた。確かに、咲いた。

だが、それだけのことだった。

このバトルの最初に決められなかった勇二の掌底が骨の砕ける鈍い音を立てて、クレイジーキラーの腹部に叩き込まれる。

「あぐぅっ！　ば、馬鹿な……こんなことが……」

崩れ落ちるクレイジーキラーに向かって、珍しく勇二が雄弁に語る。

「俺に虚仮威《こけおど》しの技は通じない。カギ爪の長さは先程までのものが最良だろう。今のそれでは攻撃範囲は延びても、そのぶん一つ一つの力が弱まる。それでは充分に気を溜《た》めた俺の肉体で切り裂けるのは、薄皮一枚がいいところだ」

「ぐっ……だとしても、あの中に自ら飛び込んでくるのは正気の沙汰《さた》では……」

「父さん、母さん、恵……肉親を殺されて、正気でなどいられるかあぁぁぁぁっ!!」

雄叫《おたけ》びと共に放たれた勇二の拳、そのたった一撃がクレイジーキラーを粉砕した！

「こ、これが『破滅をもたらす者』の力……つまり、俺も破滅させられるってわけか……

へっ、一番乗りが裏目に出やがった」

勇二は倒れたクレイジーキラーにトドメの攻撃は加えない。何故なら……。

「我が流派、閃真流人応派は人の命は奪わない。いずれはその禁を破る時が来るかもしれぬが、少なくとも今は違う」

勇二の脳裏に一人の男の姿が浮かんだ。かつては尊敬し、目標であった人物の姿が。

「……つくづく甘い奴だ。そう言われて俺が改心でもすると思うか」

「そんなことは考えてもいない。俺がそうしたいからそうするまでのことだ」

「それに、これは終わりではないぞ。始まりだ。てめえの腕に破滅の刻印がある限り、俺に続いて次々と刺客が……」

「ならば、全てを叩き潰すのみ！」

敢然と言い切る勇二を前にして、クレイジーキラーは先程まで繰り広げていた死闘が何やら馬鹿馬鹿しく思えてきた。その認識は、彼のこれまでの生き方を否定しかねない危険な匂いを孕《はら》んでいた。だからであろう、クレイジーキラーは一つの行動を選んだ。

「そうしたいからそうする……か。じゃあ、俺もそうさせてもらうぜ！」

最後に残った力で、クレイジーキラーはまだ燃え盛る魔神家へと飛び込んでいった。

自決……それほどの覚悟があったわけではなかろう。クレイジーキラーとしては本当にそうするしかなかったのだった。

それを茫然と立ち尽くして見送る、勇二。あれほど力を望み、クレイジーキラーに怒りを感じていたというのに、今の彼には闘いに勝利した充実感は皆無であった。

その勇二を見つめている者がいた。

近くの電柱の頂に立ち……嘘ではない。三日月をバックに、一人の男が電柱の上から勇二を見下ろしていた。

男は虎《とら》の顔を模した仮面を被《かぶ》り、首には懐かしのヒーロー然とした白いマフラーをたなびかせ、『J』と刻まれたバックル付きのベルトを巻いた腰にはサーベルを装着し……冗談ではない。とにかく謎の虎頭の男は明らかに勇二に視線を送っていた。

「うぬぬぬ……何たる不覚！　よもや『組織』が初手からこのような非道かつ残忍な手段に出るとは！　あまつさえ、勇二を憎悪から覚醒《かくせい》させてしまうとは！」

虎の仮面のせいで表情は分からなかったが、男の声は憤《ふん》怒《ど》と悔恨に満ちていた。

「だが！　まだ、希望はある。そう、勇二が私の見込んだ通りの漢ならば！」

男の口にした内容からすると、どうやら勇二のことも彼を狙う『組織』のことも知っているようだが……。

果たして、この虎頭の男は一体、何者なのか……？

そして、謎の刻印の力に目覚め、『破滅をもたらす者』と呼ばれる、過酷な運命を背負わされた勇二の行く末は如何《いか》に……。

第二話　倒せ！　全身兵器カーツ・シルバインド

悪夢の出来事、魔神家を襲ったあの惨劇から数日が過ぎた。

事件は失火が原因の火事という平凡な線で、警察に処理された。

勇二もそれでいいと思っていた。失踪《しっそう》したことになっている勇一のことを含め、全ては自らの手で決着をつける気だったからだ。

愛すべき家族と住み慣れた家を失い、友と過ごした鳳凰学園を退学し、孤独な修羅の道を選んだ勇二。彼は今、亡き家族が眠る皇聖院墓地にいた。

「……いつも笑顔を絶やさなかった母さん……どんな時でも黙って俺を見守ってくれた父さん……そして、俺のことをいつも気遣ってくれた恵……」

勇二は思い出を慈しむようにそう呟《つぶや》くと、花を墓前に供えながら最後に祈った。

(三人の魂が安らかでありますように)と。

漂う線香の煙は目に染みるはずだったが、勇二の目に涙は滲《にじ》まない。恵の亡骸《なきがら》を腕に抱えながら号泣した時に自分の涙は流し尽くしたと、勇二は信じきっていたのだ。

「じゃあ、俺、行くよ。父さん、母さん、恵……」

そう言って踵《きびす》を返した瞬間、勇二の顔から穏やかなものは消え去った。

『クレイジーキラー』の残した言葉通り、あの惨劇の日からずっと、勇二は人工生命体や改造人間といった異形の暗殺者たちに昼となく夜となく襲われていた。

そして、それは今も例外ではなかった。

「クククッ……日本人とは不思議なものよ。信仰心がないくせに墓参りは欠かさないのだからな。そのおかげでこうして人気《ひとけ》のない場所で貴様を殺せるわけだが」

暗殺者の一人、米国出身で全身に兵器を埋め込んだ『カーツ・シルバインド』だ。

「今更、人目を気にするとはな。昨日、倒した刺客から聞いたぞ。お前らの行動は、日本政府も暗黙の了解にあることは」

「一応、日本は我が母国とは友好関係にあるのでな。そう、大っぴらにはできんのだよ」

カーツは何も無駄話に興じているのではない。この間に身体《からだ》に埋め込んである全兵器の充填《じゅうてん》を完了させるためで、その表情にニヤリと笑みが浮かんだのはそれがすんだ印だった。

「それでは……骨一つ残さず、チリとなれぇぇぇっ！　ミサイル・ファランクス!!」

これもヤンキー気質か、カーツはバトルスタートから全兵器を一斉発射する最大級の攻撃を勇二に仕掛ける。

「血の通わぬミサイルなど、この俺に当たるものかっ！　我が魂よ、炎となれぇぇぇっ！」

その軌跡が蜘蛛《くも》の巣の如《ごと》く張り巡らされたミサイル群、突進した勇二は宣言通り、それを全てすり抜けた！

「そ、そんなことがぁぁぁ！　それならば、食らえっ、ボルティィック……」

高圧電流で敵を痺《しび》れさせる攻撃、『ボルティィック・コレダー』が放たれる前に、カーツの身体を勇二の拳《こぶし》が貫いていた。

至近距離に迫られては、カーツの大量のミサイルも宝の持ち腐れだった。

「まだまだぁっ！　アトミック・ウェスバー……うがっ！」

手に仕込んだガトリングガンを使おうとしたカーツの腕は勇二の回《まわ》し蹴《げ》りで弾《はじ》かれ、弾丸は威嚇射撃のように虚《むな》しく空へと向かった。

「そこだぁっ！　正拳《せいけん》！　肘打《ひじう》ち！　裏拳！　とりゃあああっ！」

勇二の立て続けとなった攻撃は、カーツに埋め込まれた兵器の一つ一つを破壊すると共に、その奥に潜む彼の肉体にもダメージを与えていった。

地響きを立てて、カーツの身体は倒れた。

勇二は相手に戦闘能力が失われたのを確認すると、カーツに背を向ける。

「うぅっ……これが『破滅をもたらす者』か……こうなった以上、俺の為すべきことは一つ……この身体は重要国家機密なのだ……だから、他国の者の手に委《ゆだ》ねるわけには……」

大音響がこだました。カーツが自らの意志で自爆したのだ。

以前の勇二なら身を挺《てい》してでもそれを止めていただろう。しかし、今の彼はカーツの存在した方を振り返りもせずに歩き始めていた。

そう、この数日でこんなことは別に珍しいことではなかったのだ。

☆　☆　☆

ここは、N市の某所。

勇二が勝利した今の光景は、皮肉にもカーツが自らの功績を証拠として残すためにセットしておいたカメラの映像により、他の暗殺者たちが目にする結果となった。

魔神勇二、『破滅をもたらす者』の力を実際に目にして暗殺者一同が押し黙る中、一人愉快そうに口を開く者がいた。

「なかなかやるねぇ。さすがは『破滅をもたらす者』だよ。こんな場合でなければ、各国の情報部も自分たちの手駒《てごま》としてスカウトしたいくらいじゃないかな」

見たところ、十二、三歳といった北欧生まれの雰囲気を持つ美少年。彼こそが各国からの暗殺者たちを束ねるように『組織』から命を受けた、『ルワイル・ルワイン』であった。

「ですが、あの大量のミサイル群に突っ込んでいく無謀さは、あまり褒められたものではありませんね。確かに運がいいという点だけは認めてもいいですがね」

ルワイルの意見に異を示したのは、スキンヘッドでスーツ姿の男、中国から派遣されている暗殺者の『李飛孔《りひこう》』である。

「あれは幸運でも全て避けたのでもないよ、李飛孔。君は気付かなかったようだが、右腕の刻印が光っていた。あの力で避けきれないミサイルの軌道を強引に捻《ね》じ曲げたのさ」

ルワイルの指摘に、恥をかかされた形の李飛孔は「ぐっ……」と呻《うめ》き声を上げて黙る。

同時に「『破滅をもたらす者』の力はそこまでなのか」と内心恐怖を感じた。

それは他の者も同様で、その動揺を悟られぬよう口を開いたのは、ロシア出身の暗殺者、素手による打撃を得意とするのはその丸太の如き腕を見れば一目瞭然《りょうぜん》の『バンドリー』だ。

「それにしても、米国の者はクレイジーキラーに始まり、早々とリーダー格のカーツも失うに至っては、どうするつもりかな。大国らしくもないことよ」

その尻馬《しりうま》に乗ったのは、同じロシア出身であり、昆虫人間と呼ぶに相応《ふさわ》しい容貌《ようぼう》を持つ『バリッシャー』だった。

「同志バンドリーよ。それも仕方のないところだろう。何しろ米国は『J』とかいうコードネームの裏切り者が出ている体たらくだ。所詮《しょせん》、祖国への忠誠心がない者ばかりよ」

二人の遠慮のない発言に、ルワイルが口を挟む。

「バンドリーにバリッシャー。国家間のしがらみをこの場に持ち込むのはやめてもらうよ。僕たちは世界を破滅から救うという崇高な使命のために、ここに集まっているんだからね」

静かな口調だが、ルワイルの言葉にロシア組二人も口をつぐむしかなかった。この場にいる暗殺者全員と同時に渡り合えるほどの力をルワイルが有していたせいだ。

李飛孔に続き、バンドリー、バリッシャーと実力ある暗殺者たちが結果的にルワイルにやり込められる形となり、自然と沈黙が訪れる中、自信ありげに一人が口を開いた。

「他人の失策を笑うよりもそこから学ぶことが必要でしょう。『破滅をもたらす者』などと呼ばれる例外的な敵に、近代兵器や体術で対抗するというのが間違いなのです」

「うん。一理あるね。フォスカー、闇《やみ》の住人であり、『漆黒の貴公子』と言われる君なら

何か方法があるというわけだね」

華美な貴族風の衣を纏《まと》い、毒々しいほどの真紅の色をした薔薇《ばら》の花を一輪口元にかざした男、『フォスカー』は薄く笑みを浮かべる。

「この私が『破滅をもたらす者』に悪夢を見せてさしあげましょう。永遠の眠りと一緒に」

☆　☆　☆

ザザッ、ザザッ……！

林の中を勇二が走る。それを追う影が三つ。

「ふはははっ、俺のナイフはよく切れるぞ。裂けろ！　アトミックナイフ！」

「ふはははっ、俺のナイフはよく切れるぞ。裂けろ！　アトミックナイフ！」

「ふはははっ、俺のナイフはよく切れるぞ。裂けろ！　アトミックナイフ！」

全く同じ言葉を放ちながら、勇二に対して特製の大型アーミーナイフを振りかざしてくるのは、中東の某国から送り込まれた、『アーミノイド』と呼ばれるロボット兵士たちだ。

熟練兵士から採取されたデータを元にしたソフトを積み、複数で襲いかかってくるこの敵に、初めは苦戦した勇二だったが、パターンが分かってしまえば今の彼には楽なものだ。

「くっ……回り込まれたか」

今もそう呟き、ワザと挟み撃ちされたと見せて、まずは二体のアーミノイドを同士討ちにさせた。その突発的な事態に対応できず、瞬間動きの止まった残る一体にはすぐさま間合いを詰め、勇二は肘と膝《ひざ》を使い、厄介なアーミーナイフを折った。

「……食らえ、ソリッドフィスト！」

武器が使用不可能と判断すると、アーミノイドがその鋼鉄の拳を使ってくるのも勇二は既に承知している。彼は、アーミノイドの首の後ろを殴打してソフトの起動を止めた。

「いつでも……ガガガ……俺の……ナイフが……ギギ……狙《ねら》って……る……ぞ……」

相手がロボットとはいえ、その命を奪うという行為はあまり気持ちいいものではないだろうが、勇二は表情一つ変えずにその場を後にする。そのクールな振る舞いこそが彼の不快感の表れかもしれないが。

林を抜けると、すぐ近くに小さな泉が湧《わ》いている、開けた場所に出た。

暗殺者との闘いに明け暮れていた勇二は、自分以外の者を巻き込まないようにと、住《す》み処《か》をN市の山中、古来より閃真流の修行場としていたこの場所、山小屋に移していたのだ。

他に被害を及ぼさないための配慮はそれだけではなかった。

自分が敵の標的たる、刻印を持つ者であることを誇示するため、勇二はライダースジャケットの背中とハンドグローブの甲の部分に、刻印と同じ逆十字の模様のあるものを選んでいた。「俺はここにいる。いつでも来い！」と暗殺者たちに宣言するが如くに。

「ふぅぅ……では、やるか」

泉で顔を拭《ぬぐ》うと、たった今暗殺者と死闘を演じたばかりにもかかわらず、勇二は修行を開始する。食べる、寝る、闘う以外、勇二の一日は全て修行に当てられていた。

（強くなりたい……もっと、もっと、強く……！）

そう念じて修行に励むのは格闘技を始めた頃《ころ》から変わっていなかったが、今はその先が勇二には見えない。

敵を倒すために強くなる……クレイジーキラーとのファーストバトルにおいて刻印の力を発動させた時に、勇二は確かにそれを願った。父母と恵の仇を討ちたいという復讐心《ふくしゅうしん》もいまだ彼の中にはしっかりと根ざしてもいる。

だが、人を生かすため、それが閃真流人応派の教えであり、それはそのまま勇二の信念であり、行動原理でもあった。

それを実際に体現していた人物、兄の勇一の狂気を目の当たりにしてしまったことが、勇二を迷わせる。

（いつかは、俺も兄さん……否、あの男のようになってしまうのか……！）と。

「うおおおおおおっ!!」

勇二は空に向かって吠《ほ》えた。そして叫んだ。

「殺戮者《さつりくしゃ》どもよっ！　来るなら来いっ！　俺のこの怒りの炎を消してみるがいいっ！」

闘いに身を置いている間は、迷いを捨てられる。勇二のその叫びは、一種の逃避行動であったのだろう。

そんな甘え、自暴自棄を許さない者がここにいた！

「この未熟者がぁぁぁぁっ！」

突如、頭上から飛来した何者かの凄《すさ》まじい破壊力を秘めた拳が、勇二の顔面に炸裂《さくれつ》した。

「ぐはぁっ！　だ、誰《だれ》だぁっ！」

それは、以前に勇二の刻印の目覚めを見届けていた、虎頭《とらあたま》の男の拳だった。

「魔神勇二よ。私のことは……タイガージョーと呼ぶがいい」

あからさまに怪しい虎の仮面と服装、加えて格闘家の雰囲気を漂わせるタイガージョーを、勇二は暗殺者の一人だと判断した。勇二の常識では、顔を隠すという行為、イコール、心に疚《やま》しいことがある、だったのだから尚更だ。

「そうか……お前も俺を殺しに来たというわけだな」

「愚かな……そのような曇った目で、真の強さを極められるとでも思っているのか！」

「黙れっ！　お前のような奴にそんなことを言われる筋合いはないっ！」

勇二は激情に任せてタイガージョーへ向かっていく。

しかし、勇二の攻撃は悉《ことごと》くかわされ、そのたびに「馬鹿者《ばかもの》がっ！」とタイガージョーの拳が彼の顔面に決まった。

そして、タイガージョーの口から出るのは説教や叱咤《しった》だけではなかった。

勇二が家族を殺され、暗殺者たちに今も狙われている理由をも簡単に説明していく。

宇宙から謎《なぞ》の巨大物体が刻印を持つ者、つまり勇二を目指して接近していることを。その対策として、各国の首脳の総意が勇二の抹殺に至ったことを。

「よく聞くがいい、勇二。道を極めるには何事にも心技体の三つは欠かせんのだ。すなわち、今のお前の歪《ゆが》んだ心ではいくら技を磨き力を得ようとも、修行するだけ無駄だ！」

「くだらない戯言《ざれごと》を！　そんな暇があるなら、本気でかかってこいっ！」

「分からぬか……？　これほど言葉を尽くしてもお前には分からぬのか？」

「いきなり人を殴りつけてくるような奴の言うことなど、分かるものかっ！」

「そうか……それほどまでに言うのなら、今一度、私の拳に聞くがよい！」

一旦《いったん》、身体を静止させたタイガージョーは胸の前で腕を交差する。

次の瞬間、凄まじい衝撃を受け、勇二の身体は大地に叩《たた》きつけられた！

「ぐふぅっ……こ、この技は、閃真流人応派奥義『地竜鳴動撃《ちりゅうめいどうげき》』！　何故《なぜ》、お前が……」

タイガージョーはその勇二の問いには答えない。代わりに、彼は言った。

「孤独に闘うことが真の漢《おとこ》の証《あか》しではない。そして……孤独へと逃げ込むのは、漢ですらない！　哀《かな》しみを乗り越え、真の強さを得るがよい。さらばだ」

身体のダメージはそれほどではないが、鴉丸との闘い以来の敗北感に、勇二は地に倒れたまま空を見上げる。だが、今度のそれには不思議と悔しさはなかった。

それは、鴉丸の強さがそびえたつ難攻不落の山脈の如き、だとしたら、タイガージョー

のそれは、水平線以外何も見えない大海原の如き、と感じたせいかもしれない。

「……どちらも、今の俺が遠く及ばないのは変わらないけどな」

しばらくして……雲がゆっくりと流れていくのを追っていた勇二の視界に、一人の女の子の姿が入ってきた。春の陽射《ひざ》しにも似た温かく懐かしい雰囲気を醸し出す彼女の姿が。

「どうして、この場所が分かったんだ？　家族以外には誰にも教えていなかったはずだが」

「勇二くん、忘れちゃったんだ。昔、幼稚園の頃、二人で空のお星さまを取りに行こうってこの山のてっぺんを目指して……途中で疲れて歩けなくなった私を勇二くんがおぶってなんとかここまで連れてきてくれた……そんなことがあったじゃない」

勇二がその思い出を共有する女の子は一人しかいない。幼なじみのまゆは、おそるおそる何かの包みを勇二に差し出してくる。

「ゆ、勇二くん。あのね、今の勇二くんに私が何をしてあげられるかなってずっといろいろ考えてて……結局、お弁当作ってきたの。今日のは勇二くんの好物、肉じゃがとサバの味噌煮《みそに》と……それに卵とそぼろ肉で人の顔を作ってみたんだけど」

勇二はあの惨劇の真相は誰にも話していない。だから、まゆも当然知らないわけだが、道場を訪れた鴉丸の不吉な言葉は聞いていたし、事件後の勇二の動向から単に火事で家族を亡くしただけではないことを察知できていた。

その結果が、自分の思いのありったけを込めた、手作り弁当であった。

起き上がった勇二は弁当を受け取った。手の中の小さな包みが、彼には重く感じられた。暗殺者たちの襲撃という危険を自分の周りの人間に及ぼさないよう、勇二は知り合いとの接触をあの事件以来極力避けていた。であるから、この場合も勇二はまゆを冷たくあしらうべきなのだろうが、そうはできなかった。

「ありがとう……秋月……」

この山小屋に来て以来、体力を維持するために山菜や備蓄しておいた干し肉等でしっかりと食事を摂取していた勇二だった。だが、そういった単なるエネルギー補給だけのものとは大きく異なる、まゆの手作り弁当は、勇二の頑《かたく》なな心を和ませていた。

そして、この場所を訪れてくるのは、まゆだけではなかった。

「……こら〜っ、まゆ！　道案内せなあかんもんが一人でちゃっちゃと行くんやない！」

登場するなり、まゆにツッコんできたのは、爆裂ナニワ娘の軽井沢成美である。

「ご、ごめん、なる。あれっ、自転車、どうしたの？」

「自転車やない、MTB《マウンテンバイク》や！　まあ、こない険しい山道とは思うとらんかったから、途中でほかしてきたけどな。ほんま、MTBのマウンテンが泣いてるっちゅーねん」

成美に続いて、ぜいぜいと息を切らした若人と、その背中を後ろから押す美咲という、格闘部の迷コンビもやってくる。

「はあはあ……よぉ、勇二。修行もいいけどな、次の時はもうちょっと来るのに楽な場所に……できたら駅から徒歩五分とか、そーいう感じで……」

「どういう修行ですか、それは！　あっ、先輩！　いきなりですが……勝負！」

前にいた若人を脇《わき》に追いやって、美咲は気合と共に絶妙なコンビネーションで拳と蹴りを勇二に放った。それを受け流した勇二も軽く掌底を打ち込み、美咲も防御する。

「くっ……！　さすがです、先輩。それに……先輩の拳、全然曇っていませんね」

なんとも美咲らしい再会の挨拶《あいさつ》だった。

それぞれに勇二にはいろいろと聞きたいことはあったが、無事な姿を見られて一安心といった具合に、自然と無言になってその顔を見つめる。

友たちの思いやりに、勇二は感無量で呟く。

「すまない、みんな……そして、ありがとう」

全く飾り気のない感謝の言葉なだけに、勇二の真摯《しんし》な気持ちが一同に如実に伝わる。

「やですよぉ、先輩ったら。そんな風に言われたら、ボク、なんだか……」

「うんうん。勇二のキャラは得だっての。そーいう言葉がビシッと決まっちゃうんだから」

「そやなぁ。これが若人やったら、『何、ゆーとんねん』ってツッコんどるとこや」

「結局、みんな、勇二くんのことが心配なんだよ。だって、友人だもんね。何ていうか、ほらっ、『ゆうじくんとゆうじん』ってわけで……」

まゆお得意のサムいダジャレに、「ブリザード級やな」と、成美のツッコミが入った。

そんないつもの光景を目にしながら、勇二はタイガージョーが最後に残していった言葉の意味を噛《か》みしめるのだった。

（孤独へと逃げ込むのは漢ですらない……か。そうだな。俺が今こうしてあるのも俺一人の力ではない。父さん、母さん、恵……そして、秋月たち。みんなとの絆《きずな》があればこそだというのに俺は……ん？　絆？　誰かにそれを大切にしろと言われた気が……）

☆　☆　☆

タイガージョーの、そして、まゆたちのおかげで心が闇に囚《とら》われることから救われた勇二は、改めて自らが何を為すべきかを考え始める。

（タイガージョーは俺の右腕に現れた刻印が全ての原因と示唆していたが……そういえば、鏡守神社の巫女《みこ》、萌木も「闇迫りし時、刻印現る」と言っていたな。人との絆についてのことを言っていたのも確か……）

少しでも刻印の謎についての手がかりを得たい勇二は、鏡守神社に出向く。

木々が神社の建物全てを取り囲むようにしてそびえている荘厳な雰囲気の中に、勇二が足を踏み入れると、境内には萌木ではなくこの神社の宮司らしき壮年の男がいた。

彼の名は『鏡守蘇芳《すおう》』という。勇二が「どうも……」と挨拶し、蘇芳に萌木について尋ねてみると、意外な答えが返ってきた。

「萌木……ですか？　私には息子はおりますが、あいにく娘はおりませなんだ。それに、そのような名前の巫女も当神社には……さては、狐《きつね》か狸《たぬき》にでも化かされましたかな？」

「そう、ですか……」

洞察力鋭く、勇二は蘇芳の様子に不自然なものを感じたが、あえてそれは追求しない。

蘇芳が「では、私はこれで……」と立ち去ってから少しして、勇二の背後で玉石をじゃりっと踏む音がした。勇二が振り向くと、そこには萌木が立っていた。

「萌…木？　君は、萌木なのか？　いや、君は一体……」

初めて会ったときと同じに萌木の気配を感じ取れなかったことに、勇二は屈辱を覚えなかった。自らの未熟さが原因ではなく、そこには何か別の理由があると考えていた。

「貴方《あなた》は確か以前にここでお会いした……ゴンザレス伊藤さま？」

「いや、魔神勇二だ。それよりも、君は本当に狐か狸が化けているのか？　それとも……」

会うなりストレートにそんなことを尋ねる勇二も勇二だが、尋ねられた萌木の方もとろんと眠たそうな目で相変わらずトボけた調子で掴《つか》みどころがない。

「どちらかというと、『たぬたぬ』の方がいいかと……尻尾《しっぽ》があるか確かめてみます？」

そう言うと、萌木は袴《はかま》の帯を解き始めた。勇二はその意図を知って慌てて止める。

「いや、いい。もう分かった……俺が本当に聞きたいのは、この前の話の続きなんだ。あの時、君は『刻印が現る』と言った。それに、俺の運命が動き出す、とも……」

勇二は『運命』という他人任せの言葉は好きではなかった。好きではないだけにそれは彼にとって不吉な言葉でもあるのか、あの惨劇の日の光景を思い出してしまう。父の……母の……そして恵の、決して安らかとはいえない死に顔を。

「あんなものが運命というのなら、俺は……俺はぁ……！」

あの忌まわしい刻印を浮かび上がらせるように、無意識にグッと握りしめられた勇二の右拳、その強張《こわば》った指の関節を和ませるように、萌木がそっと自分の手を添えた。

「魔神さま、落ち着いてください……出会いを……人との出会いを大切にしてください。その絆が力となり、新たな扉が開かれるのですから」

ひんやりとした萌木の手に、勇二は不思議と心が安らいでいくのを感じた。

「出会い……絆……萌木、もう少し分かりやすく話してくれると助かるんだが。それに、もしかして君は俺の腕に浮かんだ刻印についても何か知っているんじゃないのか？」

「分かりません……いえ、少なくとも今は覚えていない、そう言った方がいいでしょう」

はぐらかすような物言いに続いて、萌木は懐からよもぎ餅《もち》を取り出して食する。

「モグモグ……それに、人との絆は何処《どこ》にでもあるものです。例えば、あちらにも……」

萌木の片手がすーっとあさっての方向を指し示し、それに誘われて勇二が視線を離した隙《すき》に、彼女は又も姿を消してしまった。

勇二はそれを「してやられたな」とは思ったが、自らの焦る心を諭されたのだろうと考え、萌木に対して不快感はなかった。

☆　☆　☆

何とはなしに萌木が指し示した方向へと歩いていった勇二は、その先にある公園の片隅で、小さく膝を抱えてうずくまっている少女を目にする。

「どこかで見た覚えが……そうだ。あの子は以前に校門の前で俺のことを『研究材料』と言ってきた……来夢、だったかな」

ゆっくりと近付いていく勇二の目に、来夢の服が泥で汚れているのが映る。そして、彼女が胸の前でぎゅっと抱きしめているのが、以前に宙をプカプカと浮かんでいた謎の物体で、それが何か硬い物で叩かれたようにへこんでいるのも。

「……どうした？　そのヌイグルミというか……それ、壊れてるのか？」

不意に声をかけられて、驚いた来夢は何かを隠すように勇二から顔を背ける。

「あっ、あなたは……別になんでもないわよ。それに、この子はヌイグルミなんかじゃないの。山椒魚《さんしょううお》型R3式ロボイド、『さんちゃん』よ！」

そう言って、来夢はパタパタと服の泥を払って立ち上がった。

勇二は来夢の様子から彼女が誰かにイジメを受けたのだと理解する。だが、来夢のプライドを慮《おもんぱか》って、勇二は遠回しにたった一言だけ告げる。

「……酷いことをするものだな」

「あいつらにとっては、他人の痛みだから平気なのよ。どんなに傷付けても自分が痛くな

いなら……って、私は別に……同情なんかしないでよねっ！」

勇二の短いコメントに、来夢は自分からイジメがあった事実を暴露してしまい、その恥ずかしさから逆にいつもの生意気さを取り戻す。

「私のことを構うなんて、随分と余裕なのね。『破滅をもたらす者』として、世界中から命を狙われてるくせに！」

今度は、勇二が動揺する番だった。

「なっ……！　君は一体、何者だ？　そういえば、前にも俺が狙われてると……」

反射的に身構えてしまう勇二を見て、来夢も怯《ひる》むがそれを押し隠して言った。

「わ、私が何者かを知りたいなら……ついてきなさいよっ！　丁度いいわ。そろそろあなたのことを直接、調べたいって思ったのよね」

来夢はスタスタと歩き出し、勇二も仕方なくそれについていかざるを得なかった。

☆　☆　☆

来夢が向かったのは、自分の家だった。

ただし、『家』と呼ぶには、それは周囲の住宅とはかけ離れていたものだった。家の形は半球であり、外壁も木材やコンクリートではなく、何かの金属で出来ているようだ。

勇二が通された来夢の部屋も、彼女がここに来る途中の会話で自らのことを『科学を愛する無神論者』と称したのに嘘《うそ》はなく、至る所が電子機器で占められていた。

「……じゃあ、まずは説明してもらおうか、来夢。何故、君が俺を『破滅をもたらす者』だと知っているのかを。たぶん、俺の腕の刻印のことも知ってるんじゃないのか？」

「ふふっ……知ってるわよ。だって、そのこともデータの中にあったもの。アメリカ合衆国国防省の軍事コンピューターにハッキングした情報にね」

勿体《もったい》つけるように、来夢はデスク上にあるコンピューターのキーボードを叩いた。すると、部屋の上部にある大型モニターに英語から和訳された、そのデータが表示された。

そこには、勇二がタイガージョーから聞いた事情、宇宙から飛来してくる物体から地球を守るために勇二の抹殺を各国が秘密裏に行おうとしているだけではなく、新事実としてそれを指揮しているのが、あの惨劇の日に勇一が自分も所属していると洩《も》らした『組織』という謎の集団であることが記されていた。

「勇一兄……あいつもいる『組織』か……随分と抽象的な名称だが」

「ああ、『組織』のことね。俗称はいろいろとあるみたいだけど、それに関してはほとんどデータがないのよ。フリーメーソンとかそういう類《たぐい》ではないようだけど」

「君が俺のことをどうして知ったのかは分かったが……それで、俺をどうするつもりだ？」

「どうにかしようってわけじゃないわ。世界を滅ぼすことのできる力を持つ者がどんな存在なのかを知る……科学の進歩の根源、知的好奇心をそそられるってこと。あなただって自分の刻印のことを知りたいはずよ。つまり、ギブアンドテイクね」

挑むような視線を向ける来夢だったが、そこに悪意はなさそうだ。

「来夢……俺に手を貸すってことは世界の破滅に協力することになるかもしれないんだぞ。それでもいいのか？」

勇二の指摘を受けて、来夢は公園で一人うずくまっていた時のような表情を見せる。

「……そんなこと、どうだっていいじゃない」

「えっ……？」

「そうよ……破滅してしまえば独りでなくなる……だったら、それでもいいのよ……」

消え入るような声で洩らした来夢の言葉に、大人《おとな》びて生意気な口調の陰に隠れた彼女の強烈な孤独を勇二は感じた。

だからだろうか、勇二は『組織』に関する調査を依頼するのと一緒に右腕の刻印についての分析を来夢に許すのだった。

☆　　☆　　☆

それから、日に一度は来夢の家に立ち寄る勇二の姿が見られるようになった。

身体のスキャニング、各部所のデータ採取は初めの数日ですんでいたので後は結果を待つしかなかったのだが、勇二は時間を見つけては来夢の家に通い続けていた。

それで気付いたのは、いつも家には来夢一人だったことだ。夜の来訪は来夢本人に禁じられていたため、その時間には両親が帰ってきているのかなと勇二は考え、そのことを尋ねてみたりもしたが、彼女は家族の話題には頑なに答えようとしない。

（俺はどうして、こんなことを続けているんだろう……？）

勇二はそう自分に問いかけることもあった。

実際、来夢の家を訪ねても何を話すというわけではない。来夢がコンピューターを相手に格闘したり、先日壊されたロボイドの『さんちゃん』を修理したりしているのを、勇二はぼんやりと眺めているだけ、というのが多かったのだ。

そんなある日のことだ。刻印の分析結果を催促するという理由で、勇二は下校する来夢を中央学園の正門の前で待っていた。が、いつまで経《た》っても来夢が出てこない。

「一足先に帰ったのかな」と諦《あきら》めて、勇二がその場を去ろうとした時だった。どこから現れたのか、いきなりタイガージョーの鉄拳が勇二を襲った。

バキィィィィイッ！

「そのように、雑なものの見方でどうするかぁぁぁっ！　常に注意力を働かせて物事に対処せよ、魔神勇二。注意一秒、怪我《けが》一生の精神だぁぁぁっ！」

勇二が「何故、殴られなければいけない！」と憤りを覚えた時には、もうタイガージョーの姿はなかった。だが、その鉄拳制裁がなかったら、勇二は中央学園の体育倉庫内から微《かす》かにした来夢の悲鳴を聞き逃していただろう。

勇二が声のした場所に急いで向かうと、そこでは来夢への少年二人によるイジメ……いや、もうそんな言葉ではすまされない仕打ちが行われていた。

「いやぁぁぁっ！　バカバカぁっ、何するのよぉっ！」

「うっさいなぁ。お前、ちょっと頭いいからってすげぇ生意気なんだよぉ！」

「へへっ、パンツ脱がし大成功っと。さぁて……天童のここはどうなってんだぁ？」

少年の一人が来夢の上半身を跳び箱の上に押さえつけ、もう一人がスカートを捲《めく》り上げられショーツをずり下ろされた彼女の両足の間に無理やり頭を割り込ませる。

「ケン！　一人でズルいぞ。俺にもそこがどうなってるか見せろよ」

「お前は天童のぺったんこのオッパイでも触ってろよ。ふぅん……女のここって割れてるんだ。閉じててよく見えないなぁ。強引に広げて……」

「ぐすっ……やだっ……そんなことしないで……お願い……」

悲痛な声で懇願する来夢を無視して、少年二人が更なる凌辱《りょうじょく》を加えようと……。

薄暗くホコリっぽい体育倉庫内のその光景に、駆けつけた勇二は我が目を疑った。

「ら、来夢……お前たち、一体、何をしてるんだぁぁぁっ！」

気が付くと、勇二は少年二人を張り飛ばしていた。来夢の半裸の身体にライダースジャケットをかけてやった後も、勇二は「何すんだよぉ」「暴力なんてサイテーだぞ」と自らの非を認めない少年たちの頬《ほお》に何度も何度も平手打ちをする。

「何故、分からない……どうして、こんなことができるんだ……どうして……！」

途中までは「慰謝料、払え！」などと悪態をついていた少年たちも、手加減をしていたとはいえ、勇二の平手打ちに顔を赤く腫《は》らしていくにつれて、わんわんと泣き始めた。それだけにとどまらず、勇二が自然と醸し出す殺気に失禁してしまう始末だった。

いつしか勇二の手も気持ちが通じない悔しさから止まっていた。その隙を見て、少年たちはほうほうの体で体育倉庫から逃げ出していく。人の痛みが分からない者は確実に存在する。そんな絶望感に打ちのめされる勇二の耳に、来夢の叫びが突き刺さった。

「うぅぅ……どうして私ばっかりこんなことされなきゃいけないの……ひどいよ、こんなのって……もう学校なんか来ない……みんな……みんな、だいっきらい！」

各国の名だたる暗殺者を恐怖させられても、一人の少女の哀しみを救うことのできない拳を、勇二は強く握りしめる。爪《つめ》がめり込んでそこから血が流れるほどの痛みも、来夢の慟哭《どうこく》には遠く及ばなかった。

☆　☆　☆

翌日。勇二が中央学園に出向いてみると、やはり来夢は登校していなかった。

勇二がその詳細を尋ねた相手は、来夢のクラスメートで、頭の上のちょこんと縛った髪飾りが可愛《かわい》い『のぞみ』だった。

「魔神さんは……来夢ちゃんとはどういったご関係なんですか？」

「あっ、いや、怪しい者ではない。来夢とは友達といったところだ」

「そう、ですか……来夢ちゃんが今日、お休みしてるのって病気とかじゃないんですよね。たぶん、きっと……」

のぞみはイジメの件に心当たりがあるのだろう、目に涙を滲ませる。

男であり、子供の頃から体力的に優れていた勇二には真の意味でイジメによる痛みを理解することはできない。それを思い、勇二は唇を噛みしめる。

「来夢ちゃん、すごく頭がいいから……そのせいでイジメられてて……お父さんとお母さんがいないから、先生に告げ口できないだろうって……ひどいですよね」

「そうだな……えっ？　お父さんとお母さんがいないって……？」

勇二の疑問にのぞみが答える。来夢の両親が三ヶ月前、このN市に引っ越してきてすぐに交通事故で亡くなってしまったということを。

肉親を一瞬にして失う、辛《つら》い現実。それと同じショックを味わい、ついこの前までは狂気に走る寸前だった勇二には、来夢の気持ちが痛いほど分かった。

「……来夢ちゃん、哀しんでも死んだ人は生き返らないって言ってたけど、本当は……」

「ああ、俺もそう思う。哀しくないわけがない……辛くないわけがないんだ！」

のぞみは滲んだ涙を拭って、キッパリと言った。

「私、勇気を出そうって決めました。クラスのみんなにイジメをなくそうって働きかけてみます。来夢ちゃんの友達になるためにも」

勇二はのぞみの勇気に感服した。そこに救いが存在することに感動した。

「のぞみちゃん、君は強い子だ。それにもう君は来夢の友達だよ。いいや、只《ただ》の友達ではない。親友以上の友、真の友と書いて……真友だ！」

その大げさな物言いにやや戸惑っているのぞみに一礼して、勇二は立ち去る。

のぞみに倣って、自分の為すべきことを為すために。

☆　☆　☆

呼び鈴を鳴らしてもインターホンで呼びかけても何のリアクションもないのを無視して、勇二が家の中に入っていくと、昨日の事件のショックから来夢は自室にて暗い瞳《ひとみ》を天井に向けていた。この前までは修理しようと一生懸命だったロボイドの『さんちゃん』も中途半端のままほったらかされて、床に転がっている。

「……何しに来たのよ。それに、家宅不法侵入じゃない。警察呼ぶわよ」

「のぞみちゃんから聞いた。来夢の両親のこと」

ビクッと少しだけ反応を示しただけで、来夢はふて腐れたような顔で返事をしない。

「だが、どうして一人で暮らしてるんだ？　親戚《しんせき》とか誰か身内の者はいないのか？」

「親戚なんて……私の発明品の特許料を掠《かす》め取ろうとか、私を利用しようとする人ばっかりだったわ。だから、パパもママもそんな人たちから私を守ろうと、普通の子供として暮らそうってこの街に引っ越してきたのに……そうだったのに……」

何かが込み上げてくるのを我慢した来夢はかけていた眼鏡《めがね》を外し、勇二に指し示す。

「これだって、私の発明品の一つよ。この眼鏡には感情を抑える力があるわ。これさえあれば、いつも冷静でいられる。これをかけていれば、哀しさや淋《さみ》しさなんて……そうよ。これさえあれば、独りでだって全然平気なんだから！」

来夢の言っていることが強がりなのは明らかだった。両親を失った哀しみと孤独を機械で無理に抑えることで心の均衡を保っていたのだ。

（俺は刺客たち相手に力を揮うことで、その哀しみから逃れることができた……そして、叱咤してくれたタイガージョーがいた。哀しみを分かってくれる、秋月や若人たちもいた。だが、来夢はたった独りで哀しみを受け止めてきたのだ！）

そう気付くと同時に、勇二は眼鏡を外したことで一瞬垣間見《かいまみ》えた来夢の姿に、愛《いと》しい者の面影を感じた。今は亡き妹、恵の面影を。

（容貌が似ているとかじゃない。しっかり者なのに、俺に対してだけは甘えたがりだった恵……来夢も本当はそういう子なのかもしれない）

その認識は、来夢を今の最悪の状態から救うきっかけとなるかもしれない一つのアイデアを勇二に思いつかせる。

☆　　☆　　☆

翌朝。再度来夢の家を訪れた勇二は強引に彼女を外へ連れ出した。

「こんな朝早くからどういうつもりよ。私はもう学校なんかには二度と……」

「誰も学校へ行くとは言ってないぞ」

勇二が来夢を連れていったのは、果たせなかった恵との約束の場所、遊園地だった。

来夢は口では「子供じゃないんだから…」と不満を述べてはいたが、最終的には出かけることを拒まなかった。そして、やはり女の子なのだろう、「こんな格好で行かせる気？」と着ていく服の選択に時間をかける有様だった。

いざ遊園地に到着すると、堅物なだけにこういった場所に全く不慣れな勇二を逆に来夢がリードしていく。

「……平日だというのに、割と人が多いんだな。もっと空《す》いていると思っていたんだが」

「あなた、何にも知らないのね。このアミューズメントパークは人気のあるアトラクションが多いから、ワザワザ平日に休みを取ってくる人が大勢いるのよ」

「う〜む、それはあまり好ましいことでは……いや、けしからん話だと思うが」

「あのねぇ、そういうことなら私だってそうでしょうが」

「あっ、すまん。妹以外の子とこういう場所に来るのは初めてなものでな。妹と来たのももう何年以上前のことになるか」

勇二のそんな発言に、「ふ〜ん、そうなんだ」とポツリと洩らした来夢はどことなく嬉《うれ》しそうな顔になって、意気揚揚とアトラクションを制覇していく。

スカイコースター、レーシングカート、メリーゴーラウンド……と。

そのたびに、「加速時のGが甘いわね。改良の余地ありよ」とか「子供だましだわ。満足度は料金の半分ってとこね」といちいち批評を付け加えるのが、来夢らしかった。

それでも、恵が臨終の際に洩らした言葉を思い出した勇二が「アイスでも食べるか？」と途中で尋ねた時には、「もう秋も終わりなのに…」の後にしっかり「チョコミントとバナナのダブル」とリクエストする来夢であった。

そんなひとときを来夢と送っていた勇二を「油断していた」と責めるのは酷だろうが、遊園地という憩いの場所においても彼は自分を取り巻く運命から逃れられない。

それは、『ワールの館』と呼ばれるホラーハウスに二人が入った時だった。

館内には、ミイラや人狼《じんろう》、ゾンビ等の、主に西洋の怪物のギミックがあり、館を訪れた者たちを恐怖へといざなう趣向らしい。

「な、何よ。大したことないじゃない。いろいろ揃《そろ》えればいいってものでは……」

そう言いつつ、来夢は勇二の腕をしっかり掴んで離しそうもない。

勇二も恐怖を覚えてはいないものの、あまり心地よくはなかった。何しろ、暗殺者という名の似たような奇怪な者たちとここ最近、闘い続けていたのだから。

しばらく歩くと、二人は『伯爵の棺《ひつぎ》』とプレートにある小部屋に辿《たど》りついた。そこにはブロンズで作られたバンパイアの人形が展示されている。

「は、伯爵でバンパイアなんて、芸がないのも夥《おびただ》しいわよね」

「いや、これは……」

異形の者との闘いで勘が研ぎ澄まされていた勇二だったが、気付いた時には遅かった。

ヒュン！　風を切って飛んできた黒い薔薇が、勇二の右腕に突き刺さった。

「ふっ……『破滅をもたらす者』よ。ワールの館は楽しんでもらえたかな？」

人形は目を妖《あや》しく光らせ、次の瞬間、優雅な動きでマントを翻した。

「くっ……不覚！　やはり、お前も俺の命を狙う刺客の……！」

「もっとも、貴公のために用意したのだから楽しんでもらわねば困るのだがな。ふっ……ふははははっ！　我は漆黒の貴公子、フォスカー・ワール・ユゲルリングなるぞ」

突き刺さった薔薇は、フォスカーの『フリーズ・モニュメント』と呼ばれる、強制的なコールドスリープをかける術で、勇二は身動きが取れなくなってしまった。

「人々の夢……と言えば聞こえはいいでしょうが、要するに遊園地などというものは下賤《げせん》な者たちの煩悩が集う場所。その漆黒の薔薇が真紅に染まる時、貴公の命は果てるのだ！」

「えっ……魔神さん、今、私が……！」

科学者、つまり現実主義者である来夢が、あまりにも非現実的な展開に放心状態だったことから立ち直り、勇二の腕の薔薇を抜こうとする。その行動をフォスカーが手で制した。

「下がりなさい、プチ・マドモアゼル。私は貴方に危害を加えるつもりはない」

「そういうわけにはいかないわ。どこの国から派遣された刺客かは知らないけど、あなたにこの人を……『破滅をもたらす者』として、この人を殺させるわけには……」

フォスカーの双眸《そうぼう》がすっと細くなる。

「ほぉ……プチ・マドモアゼルはどうやら余計なことを知っているようだ。では……血の儀式は如何《いかが》かな。我が下僕《しもべ》となることで永遠の命と快楽を差し上げよう」

「ぐうぅ……来夢、下がれっ！　俺は負けやしない……だから、早く！」

腕に突き刺さった漆黒の薔薇が赤く染まり始め、意識を失いそうになるのに必死に抗《あらが》いつつ口にした勇二の言葉に来夢は従わなかった。

「だめーーーーっ！　あなたは絶対に私が死なせないんだからぁ！」

「ふっ……健気《けなげ》なことよの。どうするおつもりかな、プチ・マドモアゼルは？」

「こうするのよっ！」

来夢は携えたポーチから細長いスティックを取り出した。

「虎のおじさん……お願い、来夢に力を……！」

そう願うと、来夢は手の中でくるりとスティックを振った。それが描く円の軌跡が大きな光と化し、来夢の身体を包んでその姿を変身させた。虎耳、虎の手、尻尾付き、オマケに首から大きな鈴まで装着した、名付けて『タイガーらいむ』へと。

「えと、その……あ、愛と正義のタイガーらいむ、今、ここに現臨！！」

「『タイガーらいむ』だと？　タイガー……もしや、それは……」

あ然としながら勇二が何かを想像する中、来夢……いや、タイガーらいむはマスカレードで付けるような仮面の下から、状況を把握できないフォスカーをキッと見据える。

「あなたの弱点は……分かった。そこね！　えっと、その……こうなったら、もうヤケよ。ラ、ラブリーぷにぷにボンバーアタァァァック！」

タイガーらいむがスティックを天に向かってかざすと、その先端からビーム……のようなものが発射されてホラーハウスの天井に大穴が開いた。そこから射し込む太陽光に照らされるやいなや、フォスカーは苦悶《くもん》の表情を見せる。

「こ、こんなことで……ぐわあああああっ！」

フォスカーは呆気《あっけ》なく灰となって消滅した。同時に勇二に突き刺さっていた薔薇も消え、その呪縛《じゅばく》も解ける。身体の自由を取り戻した勇二は、自分の常識と世界観に存在しない展開に開口一番、「何故？」と来夢に疑問をぶつけた。

「そのぉ……虎のマスクをしたおじさんに、この『タイガースティック』をもらったの。ピンチに陥った時に使うようにって。いつか必ず必要になる時が来るだろうって」

来夢の話に該当する人物は一人しかいない。

「又しても、タイガージョーか……事情は分かったが、さっきの『ラブリーなんとかアタック』というのは一体何なのだ？」

「私だって言いたくて言ったんじゃないんだから……でも、説明書にそう書いてあったから仕方なかったのよっ！　助かったんだから、いいじゃない、もう！」

恥ずかしそうに頬を染めた来夢の顔が、次の勇二の言葉でもっと赤くなる。

「その服装も俺にはよく理解できないが……頭の両側で髪を二本にまとめている髪型は結構、来夢に似合ってるかな。あっ、いや、いつもの髪型が悪いというわけではないが」

照れ臭さから慌てて『タイガーらいむ』の変身を解く来夢と、慣れないことを口にしてこちらも照れる勇二の間で微妙な気まずさが流れる。

「まあ……とりあえず、そろそろここを出るか」

「う、うん……そうね」

刺客フォスカーの罠《わな》であった『ワールの館』を出ると、そのまま二人は更なる敵の来襲を避けるべく遊園地からも去ることを決める。

それを言い出したのは来夢からだったのだが、いざ遊園地の入場口の所に来ると、彼女は去りがたい表情をチラリと見せた。来夢の心情を察して、勇二が話しかける。

「又、来ればいいさ。そうだな。今度はのぞみちゃん、あの子も誘って」

「えっ……？　どうして、のぞみちゃんのことを……あっ、そういえば、昨日……」

勇二は、昨日、学園でのぞみと交わした会話の内容について来夢に伝えた。そして、励ます口調で言った。

「のぞみちゃんこそ、真の友だな。来夢は少しも独りぼっちじゃないぞ。俺だっているし、それにもう一人……」

「えっ？　もう一人って……？」

「『さんちゃん』……だったよな。あのロボイドを忘れたら可哀想《かわいそう》だろ。だから、早く治してやらないとな」

しばしの沈黙の後、来夢は真正面から勇二の顔を見つめて尋ねた。

「あなたはどうして私なんかをそんなに……全然、素直じゃない私なんかを……」

「いや、それは……じゃあ、来夢はさっきどうして俺を助けてくれたんだ？」

「質問を質問で返すのは、卑怯《ひきょう》よ。それに、私があなたを助けたのは……貴重な研究材料を失いたくないから。ただ、それだけよっ！」

言葉の内容とは裏腹に、来夢の反応はある意味において素直だった。

しかし、はぐらかしてしまった勇二の方は、来夢の先の質問に少なからず動揺していた。

（もしかして、俺は恵を救えなかった無念を来夢に……まるで恵の身代わりのように彼女を見てしまっているのだろうか。今日、遊園地に連れてきたのだって、恵との約束を守れなかった代償として……だとしたら、俺は……最低だ！）

遊園地に来る前と比べて元気を取り戻した来夢とは対照的に、夕陽を身体に受ける勇二の心には罪悪感という影が落ちていた。

第三話　幻惑の貴公子　フォスカーの恐怖！

遊園地という定番の場所でのデート（?）。

そして、そこにおける暗殺者、闇《やみ》の住人であるフォスカーとの闘い。

二つの異なる出来事を勇二と共有したことは、孤独な天才少女、来夢の心に何か変化をもたらしたのだろうか。

あの日の翌日、勇二はとりあえず中央学園の正門前で朝早くから佇《たたず》んでいた。

中央学園の生徒たちが次々と登校してくる中、生徒でもない勇二がそこにいるのはある意味怪しい行動なのだが、彼は特に気にしていなかった。

来夢の登校拒否が終わったかどうかを確かめる。そういった確固とした理由が存在しているのだから、何ら恥じることはない……それが勇二の考え方だった。

「にょっ？　にょにょ〜〜ん！」

「ん？　えっ、今の声は……ということは来夢か？」

ロボイド『さんちゃん』の珍妙な声がなかったら、勇二は来夢が登校してくる生徒の中にいるのに気付かなかっただろう。それほどの見た目の変化が今日の来夢にはあった。

まず、来夢は感情を抑える効果があるという例の眼鏡《めがね》をかけてなかった。そして、頭には初めて見る大きな水玉模様のリボンがあり、その髪型は先日遊園地で変身していた『タイガーらいむ』のそれを模すように二つにまとめられていたのだ。

「来夢……だよな？　そうか。学校に来ることにしたんだ」

「ぷにょぷにょ？　ぷにょ〜っ♪」

勇二の言葉に答えたのは『さんちゃん』だけで、照れ隠しなのだろう、来夢はワザと勇二を無視してその横を走り抜けていった。来夢の目が少し赤いのは、小脇《こわき》に抱えている『さんちゃん』を修理するのに徹夜したせいか、それとも別の理由だろうか。

来夢の走っていった先には、のぞみの姿があった。

「あっ……のぞみちゃん……」

「ら、来夢ちゃん……あの、その、大丈夫……じゃなくて……」

ぎこちない二人の雰囲気も、来夢の新しい髪型が救った。

「来夢ちゃん、髪型、変えたんだね。すごく似合ってるよ」

「えへ……そうかな。実はね、私、昔はこっちの髪型だったの。思い切って元に戻したんだけどよかった……本当に似合ってる？」

「うん！　そう思うのは、私だけじゃないと思うよ。ほら……」

のぞみが来夢の耳元で何かを小声で話す。その視線は、少し遠くに立っている勇二の方にチラチラと向けられていた。

「えっ、やだっ……あの人はそういうのじゃないんだってば」

「くすくす……そっかなぁ。じゃあ、今、私が直接、聞いちゃおうかなぁ」

「もう、のぞみちゃんの意地悪ぅ。ほ、ほら、遅刻しないうちに教室に行こう」

来夢がのぞみを引っ張るようにして手を取り、二人は並んで校舎へと向かう。
勇二にとって、それは自然に口元が綻《ほころ》ぶ、嬉《うれ》しい光景であった。

☆　☆　☆

だが……。
のぞみがクラスメートたちに協力を求め、担任教師にも直訴するという行動で来夢への
イジメを表面上は収めることはできても、根源的な問題が解決することはない。
勇二から直接的な制裁、暴力を受けたせいもあって、少年たちによる来夢へのイジメは
『物を隠す』等の誰《だれ》がやったか分からない陰湿なものへと変化した。それだけではなく、
イジメの魔の手は告発者たるのぞみにも及ぶようになっていった。
そう、次は来夢自身が行動を起こさなければならない。
ある日の放課後、その時は来た。
幾度かイジメを受けた場所、公園に来夢はイジメの加害者たる少年二人を自分から呼び
出して、決着をつけようとする。
「……なんだよ。天童、話ってのは。ちょっと仲間ができたからっていい気になるなよな」
「そーだぜ。又、あいつを呼んで助けてもらおうとしても、今度はすぐにケータイで警察
を呼んで、あんな凶暴な奴、捕まえてもらうからなっ！」
虚勢を張る少年たち。彼らに一度性的なイジメを受けた過去に脅《おび》えそうになる心をぐっ

と抑えつけて、来夢は言い放つ。

「あんたたち、いい加減にしなさいよ。今度はのぞみちゃんにまでイジメを……あんなことして喜んでるなんて、最低なんだって分からないのっ！」

来夢の強い意志を込めた言葉に怯《ひる》みつつ、少年たちは悪態をやめない。

「うるせえな。バレなきゃ、何したって平気なんだよっ！」

「それにな、たとえバレたってちょっと殊勝な顔して、『ごめんなさい』とかって言ってれば大丈夫さ。親だって先生だって、それでコロッとダマされるんだからな」

「……とことん性根が腐ってるのね、あんたたちって」

正直かつ正当な来夢の評価に、少年の一人は勇二の脅威を忘れて、キレた。全く躊躇《ちゅうちょ》せず、彼は来夢を蹴《け》り飛ばし、彼女は地面に倒れる。

「にょにょっ、にょ〜〜っ！」

脇に置かれてあった『さんちゃん』が来夢のピンチに声を上げた。

そして、同じように反応を示したのは『さんちゃん』だけではなかった。

このような事態を想定して密《ひそ》かに来夢を見守っていた勇二が、すぐさま助けに入ろうとしたところ、逆に彼を衝撃が襲った。

バキィイイイイッ！

「馬鹿者《ばかもの》がぁぁっ！　いつもいつも手を差し伸べればいいというものではないわっ！」

「うぐっ……タ、タイガージョー！　しかし、そう言われてもこのままでは来夢が……」

説教の途中において、タイガージョーは反論を許さない。返す刀でもう一発、拳《こぶし》を揮《ふる》って勇二の口を閉じさせた。

「時には、突き放すことも必要だ。そう、私がお前にしているように、な！」

そう言うと、タイガージョーは去っていった。勇二の中に（俺が来夢を見守っていたその後ろでタイガージョーも同じように俺を尾行していたのだろうか）という疑問を残して。

そして、タイガージョーの教えに常に誤りはなかった。

まるで何事もなかったかのように立ち上がった来夢は、気丈に少年二人に立ち向かう。

「私はこんなことに脅えていたなんてね。滑稽《こっけい》だったわ……いい！　たとえ、あんたたちが力ずくで私をどうにかしたとしても、それは弱みになんかならないんだからねっ！」

「な、何を！　偉そうなこと言うなよな。又、前みたいにパンツ、脱がされたいのかよ！」

少年の脅しの言葉にも来夢はもう怯まない。もう逃げない！

「私には私を信じてくれる人たちがいる。だから、あんたたちが何かしたら何度でもそれを言葉にする。勇気を出す。私はもう負けないんだから！」

来夢の気迫に、少年二人はまだ「覚えていろよっ！」とかは言っていたが、すごすごと退散していった。

それをしっかりと見送った後、少しして来夢はふ～っと安堵《あんど》のため息をつき、『さんちゃん』をぎゅっと抱きしめた。

「にょっ？　ぷにょにょ～っ！」

「うん。私、やったよ、さんちゃん。私が勇気を出せたのも、みんなのおかげだよ。のぞみちゃん、さんちゃん、それに何よりも……」

来夢の言葉の先に存在する人物だろう、勇二は心の中で「来夢、偉いぞ！」と快哉《かいさい》を放っていた。側《そば》に行って実際にそう褒めてやればいいと思えるが、勇二にはそれができない理由があった。

来夢が先程少年たちに向かって口にした、『信じてくれる人たち』の中に自分も入ってるとしたらと思うと、勇二は複雑な心境に囚《とら》われる。

（俺は来夢を……俺にとって来夢は……本当のところ、どういった存在なのだろうか？）

遊園地からの帰り道で感じたわだかまり、来夢を亡き妹の身代わりとして見てしまっているのではという後ろめたさが、勇二の中ではいっそう濃くなっていた。

☆　☆　☆

勇二は自分の気持ちを確かめるべく、とある場所に出向いた。

夜の皇聖院墓地。そこの『魔神家』と刻まれた墓の前が、勇二の選んだ場所だった。

「恵……恵はどう思う？　俺は偽善者なのかな。来夢のことを本当に考えてるわけじゃなくて、単に自分の心を癒《いや》すために……」

死者は返事をしない。勇二もそれを求めてここに来たわけではなかった。胸の奥に刻まれた恵との忘れ難い思い出を、本のページをめくるように確認しながら、勇二は自分の心の中にはっきりとした答えを見つけようとしていたのだったが……。

「……そんなことないわ。偽善者だったら、もっと賢《かしこ》く立ち回ってるもの」

恵の代わりに返事をしたのは、来夢であった。

「ら、来夢……どうして、この場所が……？」

「アメリカ合衆国国防省にハッキングできる私が、お墓の一つくらい見つけられないはずがないでしょ。それに、あなたの行動も、ね」

来夢は線香の束をポーチから取り出し、拙《つたな》い手付きで火を灯《とも》した。

「……お線香、あげさせてもらうわね」

手を振り、火を消した線香を墓に供えると、来夢は神妙に手を合わせる。

しばらくして、線香の煙と香りが二人を包み込んだ頃《ころ》、来夢は目を開いて勇二に尋ねる。

「ねぇ……妹の恵ちゃんってどんな子だったの？」

一瞬、虚を衝かれたような表情をした勇二を見て、来夢は言葉を付け加えた。

「話すのが辛《つら》いなら、いいよ……ごめんなさいね」

「いや、そんなことはない。そうだな……恵はいつも明るくて、元気だったな。結構、世話好きな妹でな、何かと俺にああしろこうしろと口やかましくて……それから……」

勇二は珍しく能弁になって、恵のことを語る。そうすることで、来夢との間の絆《きずな》が何であるか知ることへの手がかりになるような気がして。

相槌《あいづち》をして耳を傾ける来夢の表情は優しげで、そしてどこか淋《さみ》しげにも見える。

「……まったく、しっかりしてたよ。けどな、恵は……本当は人一倍淋しがりやで、甘えたがりで……だから、俺が一緒にいてやらないと……あの時、一緒にいてやれたら……」

あの惨劇の日を思い出して、勇二は言葉を詰まらせる。

それを受けて、助け船のように来夢が口を開いた。

「そっか……恵ちゃんって、とっても素敵な子だったんだ。一度、会ってみたかったなぁ。そうしたら、私、恵ちゃんといい友達に……」

そこまで口にして、来夢は言葉を止めた。

「ううん、駄目かも。だって、恵ちゃん、私のこと怒っているかもしれない」

「怒ってる？　何を、だ？」

「きっと、そうだと思うの。私が恵ちゃんだとしたら、きっと……」

その時、周りの闇が濃くなった。いや、正確にはそんな感触に襲われて、勇二は来夢を庇《かば》うような体勢を取った。

「……何者だっ！」

勇二の呼びかけに応じて、二人以外の第三の人物による声が静かな墓地に響く。

「さすがは、『破滅をもたらす者』と呼ばれるだけのことは……といったところでしょうか。しかし、この場所に足を踏み入れては、その力も……ふっふっふ……」

「えっ……？　この声は私がホラーハウスで倒したはずの……」

「そうです。前回はほんのご挨拶《あいさつ》に過ぎなかったのですよ。死せる者たちの無念が渦巻くこの場所こそが『破滅をもたらす者』が朽ち果てるステージに相応《ふさわ》しい」

今まで闇に溶け込んでいたかのように、フォスカーがゆっくりと姿を現した。

「フォスカー！　生きていたのか。だが！　俺に二度の不覚はないぞ」

「過剰な意気込みのところ申し訳有りませんが、貴公の相手は私とは限りませんよ。まずは、涙の御対面……日本人好みの趣向を用意させてもらいました」

フォスカーがマントを翻して指を指し示した場所、数多の墓石の周りに青白い燐光《りんこう》が漂い始める。勇二が訝《いぶか》しげに見つめる中、燐光は一つに集まり、人の姿へと変貌《へんぼう》を遂げた。

「……い…ちゃ…ん……おにい…ちゃん……」

それは、人形の如《ごと》く無表情な顔をしていたが……恵だった。

「め……恵？」

「えっ、この子が恵ちゃん？　でも、どうして……」

「おにいちゃん……恵ね、今、暗いところに独りでいるの……独りぼっちで淋しいの……」

聞き間違いようのない妹の声、その哀《かな》しげな響きに今にも呪縛《じゅばく》されそうになって、勇二は叫んだ。

「卑怯《ひきょう》だぞ、フォスカー！　こんなまやかしで俺の心を揺さぶろうとは……！」

「まやかし？　それは心外ですな。生者ではないが、この者はまぎれもなく貴公の妹君だ」

フォスカーの発言を、恵の次の言葉が証明する。

「おにいちゃん……あの時、約束したよね……ずっと恵と一緒だって……ずっと恵の側にいてくれるって……」

その約束は、確かに勇二が臨終間際の恵と交わしたものだった。

そう、死者の魂を自在に操ることこそ、フォスカー最大の能力だったのだ。

「くくっ……理解したようだね。闇の命を司《つかさど》るこのフォスカー・ワール・ユゲルリングにとって、死せる者を甦《よみがえ》らすことなど造作もないことなのだよ」

勝ち誇るフォスカーの言葉は勇二には届いていなかった。彼はただ目の前の恵に視線を注ぎ続けるだけで。

「恵……俺はあの時、お前を……俺は……」

「駄目よ、魔神さん！　恵ちゃんはもう亡くなったのよ。だから……！」

来夢の叫びを無視するように、後悔の念に支配されてしまった勇二はゆっくりと恵に近付いていく。

「そう……おにいちゃん、恵の側に来て……そして……おにいちゃんは昔から恵のお願い

だったら、何でも聞いてくれたよね。だから……死んで」

　恵の手には凶々しい気を漂わせる漆黒のナイフが握られていた。それが闇の閃光《せんこう》を放ち、勇二を襲った。バシュッ……！　切りつけられた勇二の右肩から鮮血が飛び散り、その激痛が彼を正気に戻した。

「くっ……恵？　どうして、こんなことを……？」

「だって……おにいちゃんが一緒にいてくれたら、恵、暗いところでも怖くないんだもん。ねっ、だから、一緒に来てくれるよね、おにいちゃん……ずっと……ずっと……！」

　バシュッ……！　ザシュウッ……！

　勇二は為す術もなく、闇の光を放つ恵のナイフに身体《からだ》を傷付けられていく。

（どうしたらいいんだ……恵を攻撃？　人知を超えた刻印の力なら死者とはいえ……駄目だ！　そんなことは絶対にできない。だが、このままでは……）

　攻撃の対象をフォスカーへ向けることも考えたが、勇二のその気配を察すると恵が庇うようにその前へと必ず立ちはだかった。

「ここは私がなんとかしないと……！」

　来夢はポーチからタイガースティックを取り出し、『タイガーらいむ』へ変身しようと試みる。が、それもフォスカーの放った蝙蝠《こうもり》によってスティックを奪われてしまった。

「プチ・マドモアゼルは大人《おとな》しくしていてもらいましょうか。貴方《あなた》には観客になってもらいますよ。幾多の暗殺者たちが倒しえなかった『破滅をもたらす者』を滅するという私の晴れ舞台を……それも妹の手にかかるという、悲劇のクライマックスを！」

「そうはいかないわ……それに、どうして私があんたのナルシズムなんかに付き合わないといけないのよっ！」

そう自分を奮い立たせても『タイガーらいむ』に変身できないのでは、来夢に打つ手はない。しかし、そんな科学者としての冷静な分析を無視して来夢は闇雲な行動を選んだ。

「駄目よ、こんなの……駄目ぇぇぇぇぇっ！」

勇二を守りたいという思いだけで、来夢は彼と恵の間に割って入ったのだった。

「来夢、よせっ！　お前まで恵の刃《やいば》に……！」

勇二のその心配は杞憂《きゆう》に終わった。恵が突き出したナイフは、来夢の身体の寸前で止まったのだ。

だが、それは来夢を庇ってのことではなかった。哀しみに彩られただけだった恵の目に初めてそれ以外のもの、憎悪の色が浮かぶ。

「邪魔よ……おにいちゃんはあなたのことなんて見てはいなかった。あなたを通して、おにいちゃんはずっと恵のことを見ていたんだから」

恵の辛辣《しんらつ》な言葉を聞いて、来夢はびくっと身体を震わせる。更に、恵は続ける。

「そう、あなたは単なる私の身代わりに過ぎないの。あなたも本当は分かってたんでしょ。

おにいちゃんは私だけのおにいちゃん……誰にも渡さない！」

「もういい、恵！　来夢にそんなことを言うな。お前はそんな子じゃ……うぐっ！」

勇二の来夢を擁護する発言に腹を立てたように、恵は又一つ手にしたナイフで勇二の身体に傷を負わせる。ナイフにはフォスカーによる特殊な術が施されているようで、勇二からは流れ出す血液以外にも力が急速に失われていった。

「……そろそろ幕を引く時ですね。我が忠実なる下僕《しもべ》、魔神恵よ。お前の兄の命を主たるこの私に捧《ささ》げるのだ！　さすれば、お前は永遠に愛しい兄と共にいられるだろう」

フォスカーが恵に最終的な命令を下すのを聞いて、勇二は一つの覚悟を決める。

「来夢……大丈夫だ」

そう言って来夢を優しく脇へとやると、勇二は無防備な姿で恵に近付いていった。そして、その手に握られた漆黒のナイフの先端を自らの心臓に当てた。

「えっ……おにい…ちゃん？」

「恵……恵が本当に俺に死んでほしいのだったら、俺は本望だ。喜んでその死を受け入れる。恵が心の底からそれを願うのなら……」

先程の来夢を非難する発言を聞いて、勇二は「恵はあんなことを言う子じゃない。恵は操られている」と考えていた。そして、その考えが間違っていても彼は構わない。それこそが、まさに勇二の覚悟であった。

穏やかな表情で見つめてくる勇二に、恵が戸惑いを見せる。

「何をやっている。殺《や》れっ、魔神恵！　殺るのだぁぁっ！」

「……い…や……」

恵の唇からそのか細い拒否の声が洩《も》れたその瞬間、勇二の右腕の刻印が輝いた。

「うぎゃあああ！　こ、これは……この光は……目が、目がぁぁぁっ！」

フォスカーが苦悶《くもん》の声を上げる。しかし、彼以外の者にとってその刻印の光は暖かく感じる心地よいものであった。それは、輝きを失っていた恵の瞳《ひとみ》にも涙を溢《あふ》れさせた。

「お、おにいちゃん……ごめんなさい……恵、こんなことしたくなかったのに……恵、おにいちゃんを苦しめたくなかったのに……」

「いいんだ……もういいんだ、恵。お前は悪くない。悪いのは……」

勇二がキッと視線を向ける中、フォスカーは動揺を怒りへと変える。

「そんな馬鹿なことが……私の呪縛から死せる者の魂が逃れることなど絶対にありえないというのに！　矛盾を引き起こす存在は全て消去させてもらいます！」

フォスカーの衝動的攻撃、手から無数の薔薇《ばら》が放たれた！　その攻撃範囲には勇二はもとより、恵と来夢の両者も入っていた。

（なっ……！　これでは同時に二人ともは……！）

どちらを庇うか一瞬の判断を迫られた勇二が選んだのは……来夢の方だった。

「来夢！　大丈夫か？」

「う、うん……でも、恵ちゃんが……」

フォスカーが放った漆黒の薔薇の一つは、正確に恵の右胸を貫いていた。

「……それでいいんだよ、おにいちゃん。正解だよ」

生前と同じにまばゆいほどの笑顔を見せて、恵の身体はゆっくりと灰になっていく。

「恵……！　すまない。俺は又、お前のことを救えなかった！　ずっとお前の側にいるって約束も守れなかった！」

「ううん、そんなことないよ。恵はおにいちゃんの心の中にずっといるもの。それに、おにいちゃんの中だけじゃないよ……来夢ちゃん、もう私たちお友達だよね」

恵の言葉に、来夢はこくりと頷《うなず》いた。

「おにいちゃん……だから、運命に負けないで……又、約束だよ……約束……」

恵は最後にもう一度にっこりと微笑《ほほえ》み、静かにその身体を霧散させた。

これで二度目となる恵との別れを見届け、勇二の刻印の輝きは増す。

「恵……約束は守る。俺は負けない。今、それを一つ証明してやるっ！」

「ふん……この私を倒そうというのか？　いいだろう……『破滅をもたらす者』よ。貴様も死して、我が下僕となれいっ！」

魔神勇二VSフォスカー・ワール・ユゲルリング。その闘いが開始される！

「来夢、下がっていろ。恵の魂を利用するような、見下げ果てた奴のことだ。お前を人質に取るような姑息《こそく》な真似《まね》もしかねない」

　勇二は間合いを測りつつ、まずそう口にした。フォスカーのプライドを刺激することで来夢の安全を確保しようという目論見《もくろみ》だ。闘志に全身の血がたぎっていても、こういった冷静さは失っていない。

「き、黄色い猿の分際で、この私を侮辱するとは……闇の貴族の力、思い知るがいいっ！」

　案の定、フォスカーは標的を勇二に絞り、無数の薔薇を放った。

「見た目の派手さだけとは……無駄な攻撃だ！」

　自分の身体に向かってくる薔薇だけを選んで、勇二は手刀で叩《たた》き落とす。

　だが、それはフォスカーにとっても牽制《けんせい》の一撃に過ぎなかった。

「血腥《ちなまぐさ》い闘いだからこそ、そこに美が必要なのです。それが分からない無粋な者は永遠に我が霧の中をさまよいたまえ……『ブラインド・ミストォォォ』！」

　フォスカーがそう叫ぶと共に、漆黒の霧が彼の身体を包み込む。その様子からすると、フォスカーは初めに墓地に姿を見せる前もこの術を使っていたのだろう。

「ふふふっ……私の姿が見えるかな？　気配くらいは探れようが、その前に私の薔薇が貴公の動きを止めていよう」

　不可視の存在になったフォスカーは、慎重に勇二へと狙《ねら》いを定める。

対して、勇二はどうだったか。見えない敵に焦りを見せることはなかった。

「なんのっ！　気配を探るなど全く必要なしっ！」

そう言い切ると、勇二は四方に向かって連続攻撃を開始した。それもいつ果てることもないほどのものを！

勇二の行動は、『下手な鉄砲も数撃てば当たる』とは似て非なるものだった。

その一撃一撃全てには、空を切るとは少しも考えていない、充分な気合が込められていて、それは霧に包まれた漆黒の空間を埋めていく。勇二の目を逃れて自在に動き回れるはずだったフォスカーは、そのプレッシャーに追い詰められていき、やがて……。

「ぐはあぁぁぁっ！　こ、こんなことが……！」

遂《つい》に、勇二の一撃、その一つがフォスカーを捕らえた。

と同時に『ブラインド・ミスト』の効果も消え、地に倒れたフォスカーの姿が勇二の足元に現れる。

「どうした？　まだこんなものでは、恵の魂を弄《もてあそ》んだお前の罪は消えぬ……はぁぁぁぁ、閃竜拳!!」

打ち込まれる勇二の拳を辛くも避けたフォスカーは、充分すぎるほどに距離がある間合いを取った。

「……はあはあ、余計なお喋《しゃべ》りをしていないで、すぐに次の攻撃に移っていればよかったものを……余裕のつもりですかな？　ですが、余裕でしたら私にもありました。まだ貴公を人間だと思って相手をしてしまっていたのですからね」

フォスカーの双眸《そうぼう》が真紅に染まる。

「同じ余裕でも貴公のそれは致命的でした。自らのくるぶしを見てみるがよい！」

フォスカーの指摘した勇二のその場所には、例の漆黒の薔薇が突き刺さっていた。

「愚かなる者よ。あの『ワールの館』の時と同様に、闇に抱かれ眠りにつくがよいわ……フリーズ・モニュメント！」

くるぶしを中心にして徐々に身動きが取れなくなる中、勇二は無言で胸の前で両腕を交差させ、ある構えを見せ始める。

「何をしようというのかは分かりませんが、もう足掻《あが》いても無駄ですよ。貴公に近付くという愚も犯しませんからね。トドメは……」

勇二と距離を取ったまま、フォスカーは高高と両手を掲げて念じる。

「闇よりも尚深き棺に潜む、我が眷族《けんぞく》よ。姿を現すのだ……ローゼス・バァアアアット！」

掲げたフォスカーの掌《てのひら》から無数の蝙蝠が出現し、その群れが一斉に勇二へ襲いかかった。

蝙蝠の一群に体を覆い尽くされ、黒い塊と化した勇二を目にして、フォスカーはニヤリと白い歯を見せる。

「ふっふっふ……我が眷族どもが『破滅をもたらす者』を食らえば、私の力もあのルワイルすらも上回るほどに。そろそろ奴の悲鳴が……な、何ぃっ！」

フォスカーの目が驚愕《きょうがく》から見開かれた。一度は取りついた蝙蝠の一群が後退し、まるでバリヤーでも存在するかのように一定の距離以上は近付けなくなって……否、蝙蝠たちは自ら近付かなかったのだ。何かに脅えるようにキイキイと声を上げて。

「ば、馬鹿な……死をも恐れぬ、我が眷族がどうして……！」

絶句するフォスカーに成り代わって、勇二かボソリボソリと口を開いた。

「……閃真流人応派奥義、その型の全てはあの男、勇一に教わっている……だが、それだけで会得できるほど奥義とは甘くない。今までは何かが足りなかったのだ。何かが……」

淡々と話す勇二の言葉に、その意味は分からずとはいえ、眷族たちに続いて今度はフォスカーが恐怖を知る時であった。

「だが！　タイガージョーに一度、この身で受けたせいだろうか、それとも別の理由か、今なら奥義の一つが使いこなせる気がする……そんな気がするんだ」

「お前は何を言って……ええい、黙れぇ！　黙るんだぁ！」

「では、ゆくぞ……閃真流人応派奥義……地竜鳴動撃ぃぃぃぃぃぃっ！！！」

力の全てを集約した勇二の右拳、そこから放たれた拳圧は、奥義の名称通りに大地を裂きながら進み、フォスカーの身体を直撃した！

断末魔の悲鳴を上げる暇もなく、フォスカーは灰となって消滅した。

ここまでなら、遊園地で『タイガーらいむ』に日光を浴びせられた時と同じだったが、閃真流人応派奥義の威力は半端なものではなく、灰の一粒一粒に炎が宿っていく。

そして、今度こそはフォスカーによる真の断末魔の悲鳴が轟《とどろ》く。

「うぎゃあああっ！　こ、これでは復活も効か……ぐはぁぁぁぁっ！」

「お前のお気に入り……漆黒の闇に帰るがいい、フォスカー！」

「……確かに貴公は私に勝利した……だが、すぐに自らが命を落としていた方がよかったと思う日が来ます……今回は死者でしたが、いずれ貴公の身近な者たちに悲劇が……」

そこでフォスカーの捨《す》て台詞《ぜりふ》は終わった。

フォスカーの消滅していった虚空に向かって、勇二は告げる。

「なんとでも言え！　俺は負けない……何故《なぜ》なら、恵との約束は……必ず……」

どれほど刻印の力があるとはいえ、いくら奥義が使いこなせるようになったとしても、勇二の身体も決して不死身ではない。

勇二はゆっくりと倒れていった。

薄れゆく意識の中で、来夢が自分の名を呼ぶ悲鳴を耳にしながら……。

☆　☆　☆

勇二が意識を取り戻したのは、来夢の家、彼にはサイズの合わないベッドの上だった。

「ん……ここは……そうか。俺はフォスカーとの闘いの後、気を失って……」

すぐさま周りの状況を確かめようと見回した勇二の目に、「にょ〜っ？」と話しかけてくる『さんちゃん』が、次にホッとした表情の来夢が映った。

「……よかった。大した傷はなかったから大丈夫だとは思ってたんだけど」

「来夢……どうやら心配をかけてしまったようだ。すまな……えっ？　もしかして来夢が一人で俺をここまで運んでくれたのか？」

「違うわ。あの虎《とら》のマスクのおじさんが突然現れて……」

来夢は事の経緯に続いて、タイガージョーのお説教についても勇二に教える。

『真の勝利者とは、勝負後もしっかりと地に立っている者のことだ！』と言っていたと。

気付けば、タイガージョーが現れたという証拠というべきもの、勇二の頬《ほお》には鉄拳制裁を一発受けたことによる痣《あざ》が印《しる》されていた。

「タイガージョー、か。意識がなくても容赦なしとは。彼の正体は一体……えっ？」

手の甲に感じた何かの感触に、勇二の言葉は止まった。

それは、来夢の目からこぼれた涙の雫《しずく》だった。

「やだ、私……どうして、こんな……」

勇二の無事を確認して、来夢は張り詰めていた気持ちが一気に解けたのだろう、ポロポロと涙がこぼれるのが止まらなかった。同級生の少年たちに裸にされようとした時にも我慢して流さなかった涙を。夜に一人でいるとき以外は決して流すまいと誓っていた涙を。

「グスッ……やだ、止まらない……そうよ。こういう時こそあの眼鏡をかけて……」

感情を抑える機能があるという自作の発明品の眼鏡、それを取りに行こうとする来夢を勇二は引き止めた。そして、彼女の涙で濡《ぬ》れたまぶたを指でそっと拭《ぬぐ》う。

「無理をして感情を抑えることはない。来夢……人は泣きたい時には泣けばいいんだ」

「でも……でもぉ……！」

「独りぼっちで泣かせはしない。俺が側にいてやる。お前の哀しみを共に受けとめてやる」

「うぅぅ……うぁあああああんっ！」

勇二の偽りのない真摯《しんし》な言葉が、来夢の心に巣くっていた最後の壁を打ち砕いた。

激しく泣きじゃくりながらしがみついてくる来夢を、勇二も抱きしめる。

今は亡き愛《いと》しい妹、恵によくそうしてやったようにではなく、『天童来夢』という、一人の守ってやるべき少女の存在をそこに見つけて。

「グスッ……来夢……来夢ね……パパとママが死んじゃってからずっと独りで淋しかったの……どうしていいか分からないくらい淋しかったのっ！」

「ああ。何も恥じることはない。それは当たり前のことだ」

「それでね……さっきまであなたが目を覚まさなくて……このままだったら、又、独りぼっちになっちゃうって思って……でも、大丈夫、大丈夫って……そう自分に必死に言い聞かせて……ひっく……うぅぅ……うわぁあああん！」

「思い切り泣けばいい。何事も思い切りやるというのはいいことだからな。一晩中泣き続けていたとしても、俺が側にいてやる」

本当に『一晩中』だったらさぞ大変だっただろうが、しばらく泣き続けた後、来夢は自分の頭を優しく撫《な》でてくれる勇二の手を感じながら、勇気を絞り出そうとしていた。

肌を通して伝わってくる勇二の鼓動と自分のそれが重なっていく感覚が、来夢に最後の一押しを与えた。ゆっくりと来夢は顔を上げて、勇二を見つめる。

「ん？　どうした、来夢？　もう、いいのか？」

勇二に自分の気持ちを伝えようという意を決めて、来夢は口を開こうとする。幼いながらも、一人の女の子として見てほしい……好きだ、と。

だが……勇二の自分を見つめる優しい、優しすぎる視線がそれを押しとどめた。代わりに来夢が声にしたのは……。

「あの……一つだけお願い聞いてくれる？　これから……魔神さんのこと……二人だけの時っていう限定でもいいの……『勇二お兄ちゃん』って呼んでもいい？」

「なんだ、そんなことか。そうだな。これから来夢は俺のもう一人の妹だ。だから、別に二人だけの時の限定じゃなくても構わないぞ」

こういう恋愛事には鈍いだろうとは思っていたが、こうもあっさり勇二に承諾されると女心という点において来夢も面白くない。

「じゃあ……今日は一緒の布団で寝ようね。勇二お・兄・ちゃん！」

そう言うやいなや、勇二をベッドに押し倒し、来夢は殊更身体をなすりつけるようにして抱きついた。来夢のささやかなリベンジというところである。

「お、おい、ちょっと、来夢！　それはいくらなんでも……」

「あれぇ？　来夢は妹なんでしょ？　勇二お兄ちゃんは恵ちゃんと一緒のお布団で寝たことあるんじゃないかなぁ？」

「うっ……それは確かにあるが……」

来夢の鋭い考察が決定打になり、結局、勇二は来夢と一緒に寝ることを余儀なくされる。

「勇二お兄ちゃん、もう一つお願い！　いい夢が見られるように、来夢のおでこにチュッとキスして！」

「な、何を……！　だ、駄目だ！　そんなことは恵にもしたことはないぞ！」

「チェッ、勇二お兄ちゃんのケチっ！」

不平を洩らしつつ、勇二の温もりを直《じか》に感じながら来夢は思うのだった。

(女の子の中での一番じゃなくても、妹ならずっと一緒にいられる。最終的にはベストな選択ってことになるよね、うん！)

その認識は、来夢が孤独という鎖から解き放れたことを意味していた。

勇二の方も自分では気付いていなかったが、来夢の存在に救われていた。

惠の死に囚われた末に、いつか復讐心《ふくしゅうしん》の虜《とりこ》に成り果ててしまう危険から。

☆　　☆　　☆

そして……ここは、N市某所。

「……フォスカーの闇の秘術をもってしても、無理だったとはね」

ルワイルがそう呟《つぶや》いた。フォスカーの敗北を彼が知ったのは別に連絡等を受けたからではない。彼の持つ、全てを見通す『賢者の目』とはつまりそういうものだった。

「要するに、『破滅をもたらす者』に対抗するにはどんな力かが問題ではなく、彼を上回るどれだけの力があるかってことだよね」

ルワイルに話を向けられたのは、その前に控えていた二人の暗殺者、中国出身の李飛孔と、ロシア出身のバリッシャーである。

「とはいっても、あの刻印の力を上回るのは簡単じゃあないから、次は君たち二人で動いてもらうよ。暗殺者の君たちにチームワークを……なんて無理な話だろうけど」

ルワイルの提案に異を唱えたのは、バリッシャーだ。

「ちょっと待て、ルワイル。プロの意地とか俺一人でも殺ってみせるとかは言わんが、何故俺がアジアの猿ごときと組まねばならない。組むなら、同志バンドリーとでも……」

「あいにくだが、バンドリーは祖国からの指令で一時今の任務から外れたようだ。逃亡した軍事機密の捕獲とか聞いているが……けど、面白いねぇ、君の祖国は。軍事機密が自ら逃亡するんだから……ははははっ！」

揶揄《やゆ》を含んだルワイルの言葉に続いて、李飛孔も口を開く。

「私のことをアジアの猿…ですか。誹謗《ひぼう》中傷に目くじらを立てるほど気は短くありませんが、私も昆虫の出来損ないに言われたくはありませんね」

「ぬうっ！　李飛孔、今の言葉を撤回しろっ！　さもないと……」

今にも闘い始めようとする李飛孔とバリッシャーに向かって、ルワイルは告げる。

「あっ、言っておくけど、さっき言ったのは希望ではなく、命令だからね。『組織』に君たちを束ねるよう任された、この僕の、ね」

ルワイル自身も充分脅威だったが、『組織』の名前を出されては李飛孔もバリッシャーも承知しないわけにはいかなかった。

二人が顔から不満を隠しもせず立ち去ると、一人となったルワイルから笑みが消えた。

「……世界の破滅にはまだ時間がある。少しも焦ることはない」

今のルワイルは、単に無表情というよりも元から何一つ感情が存在していないようにも見える。

「『破滅をもたらす者』……か。あの程度の、いつでも始末できる力しかないのだとしたら期待外れだな。僕が本当に求めているのはもっと……もう少し遊んでみるか」

ルワイルの背後で何かがゆらりと動いたのは、果たして気のせいだったのだろうか。

第四話　凶悪！　怪人バリッシャーの罠

魔神勇二の生まれ育ったこのN市は、さまざまなものが無秩序に混在している街だ。

修行場として現在勇二が寝泊まりしている山小屋の所在地である、緑豊かな山々があると思えば、香港《ほんこん》の如《ごと》き怪しげな電気街や、勇二と来夢が足を運んだ最新のアトラクションが備えられているアミューズメントパークがあるといった具合に。

海も近く、港区と呼ばれる地域は大型船が頻繁に出入りする港として整備されているが、その交通の要所としての歴史はそう古いものではないらしい。

かと思うと、例の不思議な巫女《みこ》、萌木が姿を現す鏡守神社の裏山でつい最近弥生《やよい》時代の遺跡が発掘されたという話もあった。

N市がこのように一つの特色を持たない、しいて言えば一種のモザイクの如き街になったのには諸説が存在した。例えば、とある歴史学者の唱えた説は……。

戦国時代、この土地は周囲の諸国がめいめい権利を主張したあげく、一種の真空地帯のような存在になり、それが今に至っても影響を及ぼしているという話だった。

中には、「このN市は、太古から『神無《かむな》』の地と呼ばれている。つまりは、神の守護、否、神の呪縛《じゅばく》から逃れた、唯一無二の地なのだ。だから……」と論理を展開させる超科学的な、トンデモ学の域に入る説もあったが。

……そのN市で最も賑《にぎ》やかな場所、中央区のショッピング街には、その象徴とも言うべき『ビッグアルザ』というビルがあった。

『ビッグアルザ』の特徴は、ビルの上層部に巨大モニターが設置されていることだ。

この夜も、帰宅途中のサラリーマンやこれから夜遊びに向かう若者たちが見上げる中、モニターにはニュース番組が流されていた。

その巨大モニターの更に上方、ビルの屋上の縁に一人の男が微動だにせず立っていた。

モニター内のニュースキャスターが世界各地で頻繁する異常気象を伝えたのを耳にして、嘲笑《ちょうしょう》めいた笑いを見せたその男は、鴉丸羅喉だった。そう、勇二に初めての決定的な敗北を与え、かつてはその兄、勇一の好敵手だった男である。

鴉丸の耳はモニターの音声に向けられていたが、その目は天空の星々にあった。

「太陽系の星が一つ消えたか……ふっ、宇宙では特に珍しいことではないな」

そう呟《つぶや》いた鴉丸の視線は夜空から眼下に見える地上の光景へと移る。

「そう、あの家々の灯が消えるのと大差ない。いずれ、この星にも……」

人々のささやかな暮らしを表す家々の明かりに向かう鴉丸の目には、それを蔑《さげす》んでいるような感情が見える。それゆえに、そこにはある種の哀《かな》しみも存在した。

ふいに若干顔をしかめた鴉丸は、右手で服に隠された左腕をさする。

「どうやら、あれが近付くにつれて力が増大しているようだ。そろそろ制御しても奴らの目を誤魔化《ごまか》しきれぬかもしれんな。まあ、それはそれでどう出てくるか興味深いが」

謎《なぞ》めいた言葉を吐くと、ここまで比較的穏やかだった鴉丸の雰囲気が一変し、その身体《からだ》が静かな怒りを示すように青白いオーラに包み込まれる。

「問題は彼奴《きやつ》の方だ！　本来の目的を忘れ、今すぐにでもこの手で殺してしまいそうになる。彼奴の不甲斐《ふがい》なさ、それこそが俺にとっては不愉快極まりない！」

雷鳴と共に落雷が起きた……たまたまそれを目にした者はそう思っただろう。そして次には、空に雷雲が存在しないことに疑問を感じただろう。

それが天に向かって鴉丸が放った、閃真流神応派奥義の一つ、『天破雷神槍《てんぱらいじんそう》』の一撃によるものだとは知らずに。

☆　　　☆　　　☆

同じ頃《ころ》、鴉丸に『彼奴』と呼ばれた人物、勇二は『家々の明かり』の下にいた。

この夜、現状における『破滅の刻印』についての分析結果が出たという報せ《しら》を受けて、勇二は来夢の家に出向いていたのだ。

「かいつまんで話すと、まず例の宇宙から飛来してくる巨大物体は高次元の存在ね。これはまだ推測の域なんだけど、十次元に存在するエネルギー生命体というべきもので……」

「生命体って……隕石《いんせき》とかじゃないのか？　それに、十次元というのは……？」

「十次元の生命体と言ったのは、便宜上そう言うしかないの。時間、空間、その他諸々《もろもろ》を支配できるほどの力ってわけで……神や悪魔とかって言葉は使いたくないしね」

そう言って、来夢が苦笑する。科学者としては解明できないのが悔しいのだろう。

「神に悪魔、か。厄介な話だな」

「他人事みたいに言ってる場合じゃないの！　勇二お兄ちゃんの腕にある刻印も同じ高次元のものなんだよ。厳密に言えば、刻印の方は高次元エネルギーの影が勇二お兄ちゃんの右腕に投影された姿なんだろうけど」

「俺のこの刻印が、その神や悪魔みたいなものと同じか……」

さすがの勇二も空恐ろしく感じ、無意識に自分の右腕をさする。

「見ただけだと分からないけど、その刻印には膨大なエネルギーが秘められているんだよ。でも、存在が不確かで……ううん、不安定なの。そう、あの宇宙から飛来してくるのとは別の何か、もう一つ対を成すものがあってそれと干渉し合ってるような……」

「今度は左腕の方にも刻印が現れる、とかだったらバランスがとれて丁度いいかもな」

勇二が下手な冗談を言ったのも、来夢がかなり申し訳なさそうな顔をしていたからだ。

「ごめんね、勇二お兄ちゃん。結局、あんまり役に立たなくて……」

「そんなことはない。感謝しているぞ、来夢。とにかく宇宙にいるその生命体とやらを俺の腕の刻印が引き寄せているのは間違いないと分かったんだから」

勇二の励ましにもかかわらず、来夢が表情に影を落として、ふーっとため息をついた。

「勇二お兄ちゃん。どうして一応ここまで解明できたと思う？　冥王星《めいおうせい》がね、破壊……ううん、吸収されたの、そのエネルギー生命体に」

「はぁ？　冥王星って……あの冥王星のことなのか？」

「うん。そのおかげと言ったら変だけど、データが取れたわけなの。冥王星消滅のことは公には知られてないわ。たぶん例の『組織』が情報操作してるのだろうけど」

その事態は破滅へのカウントダウンであると同時に、勇二を抹殺しようとする者たちの動きがますます苛烈《かれつ》になるであろうことも意味していた。

自然と高まる緊張感、それとは裏腹な行動に来夢が出る。刻印を分析したことへのご褒美として「一緒にお風呂《ふろ》に入ろう」と勇二に要求する大胆な行動に。

「いや、それは……来夢、お前も女の子なら恥じらいというものを考えるべきで……」

「来夢は妹、勇二お兄ちゃんとは家族も同然だから、いいの！」

躊躇《ちゅうちょ》する勇二に構わず、先行してパパパパッと服を脱ぎ捨てた来夢は彼を浴室へと強引に押し立てていった。

観念して一緒に風呂に入ったは入ったで、来夢の勇二に対する攻勢は続く。

なるべく来夢の裸を見ないように心がける勇二に、来夢は小さいながらも成長著しい胸の膨らみをワザとさらけ出しながら、言った。

「男の人って胸が大きい方が好きだって聞いたけど、勇二お兄ちゃんもそうなの？」

「なっ、何をいきなり……俺はそういう基準で人を好きになったりはしない！」

「ふ〜ん……でも、期待しててね。来夢、毎日ミルクを二リットル飲んで頑張ってるから」

この後も来夢のペースに乗せられて、勇二がそのままお泊まりすることになったのは言うまでもない。

☆　☆　☆

新しくできた妹、そんな関係の来夢を、勇二は自分の仲間たちに紹介する。

その日、山中にある修行場では久しぶりにまゆ、美咲、若人、成美、そして格闘部顧問の京子先生という鳳凰学園のメンバーたちが集まっていた。

いや、正確には勇二が集めたのだ。来夢をみんなに紹介するという目的以外にも、彼にはもう一つ別の目的があって……。

勇二の密《ひそ》かな思惑はともかく、当然、本日の場の話題をさらったのは、まゆたちにとっては思いがけないゲスト、来夢だった。

「へぇ、来夢ちゃんいうんか。いや〜、魔神くんも隅に置けんって……まゆ〜、強敵現る、ってとこやなぁ」

「あっ、その、私は別にそんなことは……『きょうてき』というよりも、きょうはてきどな暖かさってことで〜」

すかさず成美の爆裂ハリセンによるツッコミが、まゆの頭に飛んだ。

その横では、血の涙を流さんばかりの迫力で勇二に訴えかける若人の姿があった。

「勇二ぃぃぃぃっ！　まさかお前がそーいう男だったとは思わなかったぞ。幼い少女を言葉巧みに手なずけてその将来性に懸ける、ミスター『源氏物語』だったなんて！」

「あのねぇ、先輩がそんなわけないでしょ。若人主将代理補佐心得（仮）じゃあるまいし。それに、そんな風に先輩が女の子に対して積極的だったら、ボクだって……」

「ん？　何、ゴチャゴチャ言ってるんだ、美咲。あっ、そんなことよりも、『主将代理補佐心得（仮）』って……そろそろその中の一つくらい取ってくれても……」

「そういう寝言は、すっかり軟弱化した我が格闘部をなんとかしてから言うにゃん！」

美咲の指摘通り、勇二という重鎮の抜けた格闘部は、鳳凰学園お嫁さんにしたいナンバー1のまゆと、一度組み伏せられてみたいナンバー1の美咲、加えて京子先生、その三人のファンが新入部員として殺到し、まるでファンクラブのような雰囲気になっていた。

本来、それを止めるべき立場の若人自体がミーハーを絵に描いたような人物だったのだから、影の臨時主将たる美咲の苦労のほどが知れる。

閑話休題。格闘部の現状を知って、やれやれといった顔の勇二の横にいた来夢が一同に向かってペコリとお辞儀をする。

「皆さん、これからも勇二お兄ちゃんのこと、よろしくお願いしまぁす」

「あっ、いえ、こちらこそ。うぅっ、やっぱり可愛《かわい》いなぁ、来夢ちゃん……ってことで、やっぱりズルいぞ、勇二ぃっ！」

再び嘆き始める若人を爆裂ハリセンで退けると、成美がまゆの表情をチラッと窺《うかが》いながらニヤッと人の悪そうな笑みを見せる。

「なんや、来夢ちゃんってしっかりした子やなぁ。まゆ、さっきゆうたこと冗談ですまへんのやないか。何せ、まゆときたらこの通りの幼児体型やし、その上、この先もこれ以上の成長を見込めそうにないやろ？」

「むぅぅ……そんなことないもん。私は着やせするタチだから……」

「何言うてんねん。あんたのその服はコルセットやないっちゅーんや！」

そんな語らいの輪からこっそり勇二は脱け出した。その際には、みんなに気付かれないよう京子だけを呼び出して。

☆　☆　☆

必要最低限の生活用品しか置かれていない、山小屋の中。

勇二はそこを京子と話をする場所に選んだ。

「魔神くん……話って何かしら？」

「……京子先生。後でみんなに先生の口から伝えてもらえませんか。これからは俺の所に来ないようにしてほしい、と。詳しく事情は話せませんが、俺は必ず自分の宿命に打ち勝ってみんなの元に戻ってくるから、と」

勇二は一気にそう捲《まく》し立てた。彼がこの提案を持ち出したのは、フォスカーの最後の捨《す》て台詞《ぜりふ》、『身近な者たちに悲劇が……』、それがやはり気になっていたせいだった。

フォスカーとの闘いの後、以前はほぼ連日襲ってきていた暗殺者が全く鳴りを潜めていたのも、嵐の前の静けさと勇二は感じていた。

突然の頼みに、京子は少し困ったような顔をする。

「みんな、それでは納得しないと思うけど……勿論《もちろん》、私も含めてね」

「真の友なら納得できなくてもそうしてくれると俺は信じています。何故《なぜ》なら、たとえどんなに離れていても友であることは変わらないのだから」

勇二の決意は固い。今日、来夢をみんなに紹介したのも彼女のことを頼みたいという意味合いもあったのだろう。

京子は「仕方ないわね」という顔をして、みんなに勇二の意志を伝える役目を引き受ける。しかし、「はい、そうですか」とただ従うような彼女ではなかった。

「魔神くん、でも一つだけ聞かせて。貴方《あなた》の言った『宿命』には、再び姿を消してしまったあの人……勇一さんが関係してるの？」

「そ、それは……」

言葉を濁す勇二を、京子はじっと見つめる。

京子が顔に憂いを見せる。それは、その原因が勇二の兄、勇一にあることを如実に示すものだ。そして、二年前の勇一の失踪《しっそう》以来、二人の関係は途絶えていたが、京子がまだ彼への想《おも》いを内に秘めているという何よりの証拠だった。

（俺は勇一兄さん……いや、あの男の失踪の原因について以前は武者修行の類《たぐい》と思っていたが、今にして思うとその間にあの男は例の『組織』に入って、それで……それで……）

心の中での呟きの続き、「勇一が父と母と恵を殺した……」と口にできるはずはなく、勇二は京子の問いかけに対して別の答えを用意する。

「兄は……死にました……そう考えてください。京子先生のためにも」

京子はハッと息を呑《の》んだ。構わず、勇二は続ける。

「俺は既にそう思っていますから」

明確に殺意こそはなかったが、父母と妹の仇である勇一とは絶対にケリをつけねばならないと、勇二は強く思っている。それは彼にとって、刻印の謎や世界の破滅よりもある意味においてずっと重要なことだった。

「……悪いけど、魔神くん。私にはそう思うことはできないわ」

勇二の過激ともいえる発言に、京子は怒るでも哀しむでもなく静かに言葉を紡ぐ。

「あの人が今どこにいるのか、そして何をしているのかは、残念ながら私には分からない。でも、あの人が生きてるってことだけは分かるの。それだけではないわ。離れていてもあの人は私や魔神くんのことを見守ってくれているような気がして……」

「やめてくれっ！」

思わず勇二は声を荒げた。それに気付いてすまなそうに言葉を付け加える。

郵 便 は が き

切手を
お貼り
ください

166-0011

東京都杉並区梅里2-40-19
ワールドビル202
株式会社 パラダイム
PARADIGM NOVELS
愛読者カード係

住所 〒 TEL ( )	
フリガナ	性別 男 ・ 女
氏名	年齢 歳
職業・学校名	お持ちのパソコン、ゲーム機など
お買いあげ書籍名	お買いあげ書店名
E-mailでの新刊案内をご希望される方は、アドレスをお書きください。	

PARADIGM NOVELS 愛読者カード

このたびは小社の単行本をご購読いただき、まことにありがとうございます。今後の出版物の参考にさせていただきますので下記の質問にお答えください。抽選で毎月10名の方に記念品をお送りいたします。

●内容についてのご意見

(　　　　　　　　　　　　　　　　　　)

●カバーやイラストについてのご意見

(　　　　　　　　　　　　　　　　　　)

●小説で読んでみたいゲームやテーマ

(　　　　　　　　　　　　　　　　　　)

●原画集にしてほしいゲームやソフトハウス

(　　　　　　　　　　　　　　　　　　)

●好きなジャンル（複数回答可）

□学園もの　□育成もの　□ロリータ　□猟奇・ホラー系
□鬼畜系　□純愛系　□ＳＭ　□ファンタジー
□その他（　　　　　　　　　　　　　　　　）

●本書のパソコンゲームを知っていましたか？　また、実際にプレイしたことがありますか？

□プレイした　□知っているがプレイしていない　□知らない

●その他、ご意見やご感想がありましたら、自由にお書きください。

ご協力ありがとうございました。

「これ以上、あの男の話は……したくないんです」

　このままではあの惨劇の日の真実を吐露してしまいそうになる、そんな気持ちと勇二は必死に闘っていた。

　京子は、理由は分からずともその勇二の苦悩のほどだけは察した。そういう彼女だからこそ、勇二も全てを告白したいと思ってしまったのだろう。

「……ごめんなさい。もうやめましょうね。何か深い事情があることだけは分かったから」

「こっちこそ、すいません、先生」

「思えば、勇一さんもそうだったわ。日本に帰ってきてからも私には何も語らず……でもね、魔神くん。何があったとしてもあの人のことは信じてあげてね」

　勇一と恋人関係にあったせいもあって、京子には初対面から頭の上がらない勇二だったが、この時ばかりは素直に『はい』と返事をすることはできなかった。

☆　☆　☆

　勇二が抱いていた不安は的中してしまう。

　そして、京子への警告も少し遅かった。京子はみんなを納得させようと、翌日の鳳凰学園で落ち着いて話をしようと考えたのだが、早くもその日の修行場からの帰り道、暗殺者の魔の手が勇二の『身近な者』に伸びる。

「……ほな、まゆ、ここで。まっ、あんまし来夢ちゃんのことは気にせんとき。心労でそれ以上痩《や》せたら、それでなくても薄い胸がなくなってまうで」

「もう、なるったら！　私は全然気にしてないってば」

家路へと就く中、そんな会話で成美と別れたまゆは、一人になった途端に呟く。

「来夢ちゃん……か。勇二くん、妹の恵ちゃんにすご～く優しかったから、そーいうことよね、たぶん……おそらく……きっと……お願い、そうであってほしい……はっ！　私ったら何を……これじゃあ、なるの言ってた通りじゃないの。もう！」

これも成美による日頃のハリセンツッコミの成果か、一人ボケツッコミを道の真ん中で披露するまゆだった。その彼女の前に一人の男が立ちはだかった。

「……ちょっといいかな、まゆ。話があるんだが」

「きゃっ！　あ～、びっくりした。どうしたのよ、勇二くん。さっき別れたばかりなのに話ってなんなの？」

「なんなのって……分かるだろ。みんなの前では話せない話ってやつさ」

「えっ？　え～～～っ！　そ、そ、それって、もしかして……」

「勿論、こんな往来でする話でもないから、どこか二人きりになれる場所に……」

勇二はまゆの手を引っ張って引き寄せると、その肩に手を回した。ビクッとまゆの身体が強張《こわば》る。が、それは好きな人にそうされたことによる緊張ではなかった。

「勇二くん……今さっき、私のことを『まゆ』って呼んだよね。昔みたいに」

「えっ、嫌だった？　だったら、別の呼び方にするよ」

「そうやって気を遣ってくれるんだ……でもね、それは勇二くんじゃないの。そんな風になってほしいと思わないこともなかったけど、私の勇二くんは女心に鈍感な朴念仁さんなの。だから……あなた、一体、誰《だれ》なの！」

勇二の手を……否、勇二の姿形をした男の手を振り払って、まゆは身体を離した。

男は口元を歪《ゆが》めて、チッと舌打ちする。

「やれやれ、気付かないでいた方が貴方のためだったんですがね。こうなると、少々手荒なことをしなくてはなりませんよ」

「や、やっぱり、あなたは……どうして勇二くんに化けたりしてるの？」

「なに、大したことではありません。貴方を餌《えさ》に魔神勇二をおびき出し、殺すだけです。何しろこれには世界の命運が懸かってましてね」

じりじりと退《ひ》くまゆを、ニセ勇二は素早い動きを見せて腕の中に捕らえた。

「きゃっ……！　いやっ、離してぇっ！」

「魔神勇二以外の者に危害を加えるつもりはありませんでしたが、『千面鬼』と呼ばれる私の能力が見破られたのは正直、面白くないですね。あと一つ付け加えるのなら、貴方が日本人であったことも不幸でしたよ」

ニセ勇二の舌がまゆの首筋から肩口へと這《は》わされる。

ぞわりとするニセ勇二の舌の感触に、まゆは声なき悲鳴を上げた。

「いい表情です。けれど、貴方にはもっといい表情をして頂きますよ。そう、貴方も楽しめばよいのです。せっかく、好きな男の声と顔で辱めてあげるのですから」

まゆは、恐怖からかすれそうになる声を必死に振り絞って声にする。

幼き頃、近所の野良犬に噛《か》まれそうになった時に、初めて口にした言葉を。

それから、何度となく口にした、彼女だけの魔法の言葉を。

「ゆ……勇二くん……助けて……！」

そして、今度もまゆの期待が裏切られることはなかった。

「貴様ぁ！　今すぐ秋月から離れろぉぉぉぉっ‼」

まゆのことを『秋月』と呼ぶ、正真正銘、本物の勇二が駆けつけたのだった！

勇二は、まゆにだけは京子からではなく自分の口で事情を説明しようと思い、後を追いかけてきていたわけで、それが幸いした。

捕らえたまゆを楯《たて》にでもするかと思えば、ニセ勇二はあっさり彼女を解放する。

「ゆ、勇二くん……ぐすん……勇二くぅぅぅん！」

目に涙を溜《た》めながら、まゆが勇二にしがみつく。だが……。

「秋月、下がっていろ。危険だ」

そう言って、勇二は心の隅で熱い抱擁を求めていたまゆを自分の背後に下がらせる。

その朴念仁ぶりは確かに本物の勇二である。

勇二とニセ勇二、二人は合わせ鏡の如くに対峙《たいじ》する。

「お初にお目にかかります。私は李飛孔と申す者。以後、お見知りおきを……と言いたいところですが、あまり『破滅をもたらす者』とお見知りおきにはなりたくありませんね」

「それはこちらの台詞だっ！　よくも、秋月を辱めようとしてくれたな。それも俺の姿形で……まず、その変装を解けぇぇっ！」

「変装と言われるのはすこぶる心外ですな。これは単に姿形を真似《まね》ているだけではないのですよ。貴方の能力も今や我がものに……てゃあああっ！」

ニセ勇二、李飛孔が勇二に蹴《け》りを放った。不意をついたその攻撃も勇二は軽くかわすことができた。それもそのはず、李飛孔が見せた攻撃は型から間合いから勇二が熟知している、閃真流における足技の一つ、閃竜蹴りだったのだ。

「……如何《いかが》ですかな。自分自身の技で攻撃される気分は？」

「笑止！　たとえお前が俺と全く同じ技と体を持ち得たとしても、心技体のうちの残る一つ、心は……俺の熱き魂までは複製などできん！」

「ほぉ、言ってくれますね。では、確かめてみましょうか」

そう、嘯《うそぶ》く李飛孔であったが、実際に二人の間で闘いが始まると、勇二の言の正しさが証明される。

「いきます……せいっ、とぁああっ！　絶・真王脚!!」

「来いっ！　せいっ、とぁああっ！　絶・真王脚!!」

このようにある時は同じ技が相殺され、又ある時は閃真流格闘術の攻めと防御の型を綺《き》麗《れい》になぞる、といった調子で攻防は繰り返されていった。そのうちに少しずつ押し込まれていくのは、ニセ勇二、李飛孔の方だった。

「うっ！　な、なんです？　どうして、私の方が……『破滅をもたらす者』、その刻印の力まではコピーできなかったとでも……」

そうではなかった。李飛孔の計算が狂ったのは、彼が今までに倒してきた相手、暗殺のターゲットになるような者には、勇二のような純粋な格闘家、つまりは馬《ば》鹿《か》正直に己の力を信じ切る者はいなかったのだ。

「臆《おく》したか、李飛孔！　ならば、引導を渡してやる。技と身体だけではやはり会得することのできない奥義で……閃真流人応派奥義……地竜鳴動撃ぃぃぃぃぃいっ！！！」

あのフォスカーを倒した奥義『地竜鳴動撃』がアスファルトの地面を掘削しつつ、李飛孔の身体に決まった！

だが……噴煙が収まり視界がはっきりとした時、そこに李飛孔はまだ二本の足で立っていた。その訳は、彼の構えにあった。防御に全ての力を託す閃真流の型、その構えに。

「なっ……！　我が奥義を防ぎ切るとは……！」

「……さすがは、『破滅をもたらす者』の身体。その強靭さと閃真流人応派とやらに助けられました。ですが、無傷というわけではないので今日はここまでにしておきましょう」

「なんだと！　まさか、逃げる気か！」

「ふっ……どうやら貴方は……いや、今まで倒されてきた者たちも勘違いなさってますね。これは厳密にいえば闘いではないのです。暗殺というものはそれが成功するまで何度でもターゲットを狙《ねら》うものなのですよ」

勇二は「では、逃がさん！」と、李飛孔の退却を阻止しようとするが……。

「一つお教えしましょう。貴方に対する餌として人質を取る方法を選んだ者は、私の他にもう一人いるのですよ」

「そ、それはどういう意味だっ！」

「いくら『破滅をもたらす者』とはいえ、身体は一つしかないですからね。私を追う暇があるのなら……つまりは、そういうことですよ。クックックッ……」

嘲笑を残して、李飛孔は姿を消した。

「あ、ありがとう、勇二くん……でも、勇二くん、よくは分からないんだけど、今、あの人が言ってたことって……まさか、私以外にも誰かが……」

状況を把握してこそいなかったが、まゆのその言葉は正鵠《せいこく》を射ていた。

☆　　☆　　☆

勇二に対する人質として選ばれた、もう一人の『身近な者』とは、美咲だった。

ここは、港に隣接した空き倉庫の一つ。

その場所に既に美咲は拉致《らち》されていた。薬でも嗅《か》がされたのか、意識を失い身体を拘束された状態で彼女は床に転がされている。

美咲を不満そうな顔で見下ろしているのは、ルワイルから李飛孔と共に今回の人質作戦を命じられたバリッシャーである。

「ふん！　小僧一人殺すのにこの俺がこんな真似をしなくてはならんとはな。こんなことなら、同志バンドリーの任務、キラードールの探索の方がよっぽどマシだ」

バイオテクノロジーの研究、その副産物というよりも失敗作として生まれた改造人間、強大な力と引き換えに昆虫を模した奇怪な姿にならざるを得なかったバリッシャーにも、暗殺のプロとしてのプライドが存在する。

「愚痴をこぼしていても始まらんか。さて、魔神勇二をどのようにおびき出すかだが……ん？　チッ、もう目を覚ましやがったか」

バリッシャーの足元に転がっていた美咲が「うぅっ……」と低く呻《うめ》き、目を開いた。

まだ薬物の効果が残っていて覚醒《かくせい》した意識は覚束《おぼつか》なかったが、美咲も仁藤流柔術の継承者、すぐに自らの状況を把握する。

「……アンタ、ボクをこんな所に攫《さら》ってきてどうするつもりっ！」

「うるさい、黙ってろ！　今は小娘の相手をしている暇は……」

「先輩……そう、先輩に何か関係あるんだろっ！　ボクも格闘家の端くれ。だから、分かるんだ。家族を失ってからの先輩が尋常じゃない闘いを経てきていることが」

美咲が『先輩』と尊敬を込めて呼ぶ人物は、勇二一人しかいない。

勇二に対する美咲の気持ちは、単に憧《あこが》れなのか、それとも恋なのかは本人でも分からないほどの淡い想いだった。確かなのは、その想いがあるからこそ異形の者、バリッシャーを前にしても、美咲が気圧《けお》されずにいられるということだ。

「まさか、ボクをオトリにでもして先輩を……どうなのよっ！」

だが、美咲の勢いのよさも少し度が過ぎてしまう。

「先輩に何かしたらボクが承知しないからねっ。この昆虫バッタ男！」

「き、貴様っ！　この俺をバッタ男だとぉっ！」

美咲を無視していたバリッシャーもこの暴言だけは許せなかった。

「な、何よ……本当のことじゃないっ！」

「いいだろう……その生意気な口を利けなくしてやる。『破滅をもたらす者』をおびき出す前に、より精神的ショックを与えるよう人質に彩りを加えておくのも悪くないからな」

縛られて身動きの取れない美咲に、怒りの形相のバリッシャーが迫る。その手は無造作に美咲のスパッツをその下のショーツごと引き下ろした。

「くくっ、小娘だと思って馬鹿にしてたが、なかなかいいケツをしてるじゃないか」

「やっ、やめてよっ！　身体の自由を奪ってこんなことするなんて、アンタ、見た目だけじゃなくて、中身までサイテーよっ！」

美咲は腰を振って抗《あらが》おうとしたが、その行為は逆にバリッシャーの欲情を駆り立てるだけだった。バリッシャーは美咲を仰向《あおむ》けの体勢にすると、彼女の剥《む》き出しになった秘所、そのピンク色の花弁を指で強引に押し広げていった。

「綺麗な色をしてるじゃないか……さては、お前、まだ男を知らねえな」

美咲の頬《ほお》が、屈辱と羞恥《しゅうち》からカッと朱色に染まる。

「うっ……だから、どうだっていうのよっ！」

「ほぉ、まだそんな元気があるのか。だが、貴様の言うところのバッタ男に処女を奪われることになっても、そうしていられるかな……」

言葉でネチネチと責めながら、バリッシャーは美咲の花弁の奥に無慈悲にも指をぐっと押し込んで、そのまま……。

「待てぇぇぇぇっ！！！」

バリッシャーの凌辱《りょうじょく》の第一歩が完了する寸前、憤怒《ふんど》に満ちたその声が倉庫内に響いた。

「も、もしかして……先輩……！」

「なっ……！　まさか、魔神勇二か……？」

美咲の安堵《あんど》の声も、バリッシャーの焦りの声も、外れていた。

外からの逆光を受けて立つ影、美咲の貞操のピンチに現れたのは、鳳凰学園格闘部主将……代理補佐心得（仮）の若人だった！

美咲がバリッシャーに拉致される現場を目撃した若人は、港までの尾行は成功したが、その後は見失ってしまい、やっと今この倉庫を見つけたのだった。

「ふんっ！　勇二じゃなくて悪かったな。けどな、見るからに怪しいお前！　今すぐ美咲から離れろっ！　さもないと……」

「さもないと……こんな風になるっていうのかなっ！」

言われた通りに美咲からは離れたが、バリッシャーは若人のみぞおちに一撃を加えた。

「あぐっ！　ま、まだまだ、こんなものでは……！」

痛みに耐えながら、若人は渾身《こんしん》の力をバリッシャーに叩《たた》き込もうとする。

しかし、殺人を職業としているバリッシャーに敵う道理はなく、若人は逆にサンドバッグと化して叩きのめされた。それでも、根性を見せて彼は立ち上がる。

「くそぉ、俺に勇二の半分……いや、十分の一でも力があれば……」

「もういいよ……逃げてっ！　ボクのことはいいから、早く逃げて、若人先輩っ！」

美咲の叫びを受けて、若人は血の滲《にじ》んだ唇でニッと笑みを作る。

「若人先輩……か。初めてだよな。美咲にそんな風に呼んでもらえるのも……だったら、

やっぱりこのまま負けられないよな……負けるもんかよぉっ！」

よろよろとした足取りで、若人は再びバリッシャーに向かって前へと進む。

「チッ、しつこい奴だ。いいだろう。お前のくだらぬ意地、俺が断ち切ってやる！」

バリッシャーは若人のパンチを涼しい顔で避けると、そのままその右腕を掴《つか》み、改造人間の桁外《けたはず》れのパワーで握り潰《つぶ》した。

バキバキッ……！　骨の砕ける嫌な音と共に、若人は悲鳴を上げ、再び地に伏す。

「もうやめて！　ボクはどうなってもいいから、これ以上先輩には手を出さないで！」

「どうなってもいい、か。それなら、まずは楽しませてもらうとするか。この男が死んで絶望に打ちひしがれるお前の顔を、な！」

非道なことを平然と言い切るバリッシャーの手を、一本のサーベルが貫いた！

「ぐわぁぁぁっ！　俺の……俺の手がぁっ！　だっ、誰だぁっ！」

「いたいけな少女で己の欲望を満たそうとし、勇気を揮《ふる》う若者に対して尊厳の気持ちを持たない外道になど、我が名を名乗る気はないっ！」

あわやというところで美咲と若人を救ったのは虎頭《とらあたま》の人物、頼りになる漢《おとこ》、タイガージョーの颯爽《さっそう》たる登場であった。

しかし、バリッシャーも並の暗殺者ではない。手に刺さったサーベルを引き抜くと瞬時にタイガージョーへの攻撃に移った。

「何者かは知らんが、この身を犠牲にして手に入れた装飾者の力、貴様に見せてやる……ホッパー・クロー！」

バリッシャーの鋭い爪《つめ》による攻撃！　だが、それもタイガージョーの超高速の動きの前には空気を切り裂くのみに終わる。

「バリッシャーよ。その程度の技では、この私の薄皮一枚傷付けることはできぬぞ」

「何をほざいて……なっ、貴様、どうして俺の名を？」

動揺を見せるバリッシャーに、更にタイガージョーの舌鋒《ぜっぽう》が飛ぶ。

「『装飾体X』……あの忌まわしきものを身体に植えつけられていては、どの道、楽には死ねまい。私が慈悲の心でもって葬ってやる！」

「な、何故、『装飾体X』のことまで？　まさか、お前は噂《うわさ》に聞いた、あの……」

タイガージョーの正体に繋《つな》がる言葉を言う前に、バリッシャーの口は永遠に閉じられる。タイガージョーの放った、閃真流人応派奥義、『鳳凰天舞《ほうおうてんぶ》』によって。

地に倒れて動かなくなったバリッシャーの身体。その胸の上で唯一うねうねと脈動しているのは、中央にコアのようなものがあるヒトデに似た奇妙な物体だ。タイガージョーはそれを剥ぎ取ると、手の中で握り潰した。そして、目を閉じて祈る。

「バリッシャーよ……貴様はおのが心を闇《やみ》に落とした時から既に負けていたのだ。あとはただ安らかに眠れ」

そんなタイガージョーの姿を見ながら。美咲はポツリと洩《も》らした。

「この人……先輩に似ている。閃真流格闘術を使っているからじゃなくて、どこか先輩の匂《にお》いみたいなものが……」

倉庫の外から救急車の音が聞こえる。

事前にタイガージョーが呼んでおいたものなのだろう、美咲がその音に一瞬気を逸《そ》らした隙《すき》にもう彼の姿は消えていた。

☆　☆　☆

N市市民の間では、大病院にしては良心的と評判の神代総合病院。

そこに若人と美咲が運び込まれたと勇二が知ったのは、事件の翌日のことだった。

「……若人、すまない。全ては俺の責任だ！」

病院へと出向き、若人のいる病室を見舞った勇二は、開口一番そう口にして床に頭をすりつけた。

「お、おいおい、勇二、やめろって……お前のそんな姿を看護婦さんにでも見られたら、まるで僕と特殊な関係かと誤解されるじゃないか」

命に別状はなかったとはいえ、満身創痍《そうい》の若人がベッドに寝ている。そんな状態でも軽口を叩く彼の姿に、勇二の胸は締めつけられた。

「せっかくヒーローになれるチャンスだったのに、世の中、そう巧《うま》くはいかないよな……

又、美咲に叱《しか》られちまうな」

「そんなことはない……若人、お前は立派だ」

「よせよ、勇二。男に褒められても、怪我《けが》の治りは早くならないように僕の身体はできてるんだから」

「えっ、そういうものなのか？」

冗談を真面目《まじめ》に受け取る勇二に、若人は身体の痛みを我慢して顔に笑みを浮かべる。

「へへっ……そうだよ。勇二はやっぱりそうでなくっちゃな。そんなクソ真面目なお前だからこそ……そのぉ……僕の自慢の親友ってやつだ」

「若人……お前はまだこんな俺を友と呼んでくれるのか……すまない。本当にすまない！」

勇二が再び土下座をしかねない雰囲気を醸し出した時、病室の扉が開いた。

「……若人先輩、頼まれていた雑誌、これで……あっ！」

扉を開けたのは、美咲だった。若人のおかげで特に怪我のなかった彼女は、一応検査を受けた後にそのまま彼の付き添いを買って出ていたのだ。

美咲は病室に勇二の姿を見つけると、逃げるように廊下へと飛び出していった。

「美咲！　あっ、いや……」

一度は美咲を追いかけようと足を踏み出した勇二は、それを躊躇する。

その勇二の背中を押したのは、若人の言葉だ。

「……行ってやれよ、勇二」

「若人。だが、俺は……」

「何、グズグズしてんだよ。僕は飽くまでも主将代理補佐心得（仮）なんだぞ。格闘部の主将はまだ勇二、お前なんだぜ。後輩部員を励ましてやるのも主将の務めだろ」

「若人……やはりお前は立派だ。俺にとってもお前は自慢の友だ」

そう言って、勇二は美咲を追って病室を出た。

☆　☆　☆

沢山の干された白いシーツが風にたなびく、病院の屋上。

勇二はそこで美咲の姿を見つけた。

「美咲……」

そう名前を呼んだだけで、勇二には他に美咲にかける言葉が見つからなかった。若干の距離を保ったまま、二人を沈黙が支配する。そして……。

「……若人先輩を傷付けた奴よりも、ボクは……何よりも自分が許せない」

「違う！　お前が自分を責める必要はない。責められるべきは、この俺……」

「ううん。ボクが襲われた事情なんて関係ない。あの時……若人先輩があのバッタ男にやられてる時に、ボクはロープで縛られたからじゃなくて……身が竦《すく》んで動けなかった……あんなに先輩に鍛えてもらってたのに、ボクは……」

美咲は拳《こぶし》を屋上の手すりに叩きつける。ガァァンと響き渡るその衝撃音が、勇二にも彼女の悔しさを伝える。

「仁藤流格闘術の使い手だった、今は亡き父さんがボクに言った言葉を思い出したんだ。『お前が男だったなら……』って言葉を。それを否定しようと今まで頑張ってきたけど、もうボクは……」

肩を震わせる美咲の双眸《そうぼう》から涙が落ちる。

「先輩……お願い……ボクを一人にしておいて……ボク、これ以上、先輩に今の情けない顔、見られたくないんです……」

美咲の願いを聞いて、勇二は屋上を後にした。

「うぅっ……うぁあああんっ！」

扉を挟んで聞こえてきた美咲の号泣が、自分は彼女に何もしてやれないのだという無力感を勇二に植えつける。

何もしてあげられない無力感……それを今度は勇二に対して感じる者たちがいた。

失意の表情で病院のロビーを出ていこうとする勇二の姿に、彼と同様に見舞いに来ていたまゆと成美が気付く。

「……ん？　おっ、あれに見えるは魔神くんやないの。ほらっ、まゆ、行ってやらんかい！」

「う、うん。勇二く……」

勇二に声をかけようとしたまゆを、二人に同行していた京子が「今はそっとしておいてあげなさい」と止めた。

「京子先生、なんで？　こないな時こそ、うちらが励ましてやらんと……」

反発する成美に、京子が説明する。

美咲が拉致されて若人が大怪我を負わされた今回の事件が警察にまともに取り合ってもらえなかった、と。警察に知り合いがいる京子がそれについて問い詰めたところ、県警のトップよりも更に上、つまり国からの圧力がかかっているのではないかという話だった。

「……だからね、魔神くんを取り巻いている状況はそれほど大きなものってことなの」

あまりにも現実離れした話にお得意のツッコミも不発の成美の横で、まゆも病院を後にしていく勇二をただ見送ることしかできなかった。

「勇二くん……勇二くんは負けないよね」

そう、自分に言い聞かせるように口の中で小さく呟くだけで。

☆　☆　☆

「俺のせいで何の罪もない若人と美咲が……あの二人だけじゃない。こんな刻印を持つ俺さえいなければ、父さんも母さんも、恵だって死ななくてすんだんじゃないのか！」

心に傷を負った勇二は、ふらふらと繁華街をさまよう。

そんな時でも暗殺者は待ってはくれない。いや、勇二のそういった心境を暗殺者たちのリーダー、ルワイルは見越していたのかもしれない。

勇二が繁華街を離れるとすぐに暗殺者の襲撃が開始された。頭部に太陽を模した形状に七本の羽根を、そして顔の前面には仮面を付けた、戦士『ヤナル』という暗殺者が。

「炎の神よ、我に力を！　全てを炎で浄化せんがために！」

ヤナルは頭部の羽根を引き抜き、それを投げつけた。羽根は勇二を囲むように地面に突き刺さり、そこから七つの炎の柱が上った。そして、炎はまるでそれ自体が意志を持つかのように、丁度中央に位置する勇二に襲いかかった。

「浄化だと……世迷《よま》い言《ごと》をほざくなぁぁぁっ！」

気合一閃《いっせん》！　刻印の輝きを見せる右腕で勇二は炎の柱を薙《な》ぎ払った。それだけで炎は全て消滅した。闘いの最初から勇二が刻印の力を発動させるのは、これが初めてのことだ。

「我が神の炎を滅するその力……やはり、貴方は『破滅をもたらす者』なのですね」

冷静にそう呟くヤナルとは対照的に、髪の毛に少し焦げた匂いを伴いながら、勇二は激情に満ちた顔で突進する。

「うぉおおおおおおっ！」

「その裂帛《れっぱく》の気合には……我も魂の一撃でお応《こた》えしましょう」

勇二の拳とヤナルの拳が交差し、互いの身体にヒットした！

相打ち……ではなかった。技のレベルに関してはそうだったが、刻印の力の有無の差だろう、ヤナルだけがダメージを受け、膝《ひざ》をついた。

いつもならそこで闘いは終わるはずだったが、今の勇二はそれを許さない。

戦意を失ったヤナルを無理やり立たせると、まるで打ち込みの稽古《けいこ》をするように勇二は彼の身体に攻撃を浴びせる。

「お前は何故、若人を傷付けたっ！　何故、美咲を……！　何故、秋月を……！　そして何故、父さんと母さん、恵を殺《あや》めたのだぁぁぁぁっ！」

今やそこに闘いの様相は見られず、勇二の手によるリンチに等しい。心では自分がしていることが、閃真流人応派の教えから大きく外れていると分かっていても、勇二はそれを止めることができなかった。

そして、勇二の拳がヤナルの顔の仮面を破壊した時だった。

「なっ……！　こ、これは……！」

呪術的《じゅじゅつてき》な隈取《くまど》りが施されているヤナルの素顔、その目から血の涙が溢《あふ》れているのに気付いたのと同時に、勇二の脳裏にさまざまなビジョンが侵入してきた。

逆十字の形をした『破滅の刻印』と呼ばれる勇二のそれは、その所持者のレベルに応じて戦闘能力以外の能力も目覚めさせる。今の現象もその一つで、勇二が脳内で見ていたビジョンはヤナルの記憶、過去の出来事であった。

「お、俺はこんなものは見たくない……それに、これは……」

……ヤナルは、南米の片田舎にある村、そこの少数部族の戦士だった。しかし、例の『組織』に家族を人質に取られ、自分の部族を裏切った。

ヤナルの手は血に染まった。戦士として自らが守るべき部族の者たちの血で……。

戦士の誇りも部族の証《あか》しも捨て、未熟な『人間』としての道を選んだヤナルは、自分への戒めとして自らその瞳《ひとみ》の光を奪った。それ以来、人を殺めようとするたびに彼の目からは血の涙が流れ落ちるようになり、そして……。

そこで刻印の力による記憶の流出は打ち切られた。勇二がそうしたわけではなく、それはヤナルが息絶えたせいだった。

「ヤナル……この男も愛する家族のために……だとしたら、俺はなんなのだっ！」

自己への嫌悪感と殺人のタブーを犯した認識から、勇二は反吐《へど》を吐いた。吐く物がなくなっても今度は胃液を吐き続けた。

最悪な状況の勇二の前に次なる暗殺者が訪れる。

「……『破滅をもたらす者』、貴方に怨《うら》みはないけど、父の命を救うため……家族の幸せを取り戻すために抹消させてもらうわっ！」

顔にヘルメット、背にマント、服はレオタード風といった姿の彼女は、世界一の爆発物研究者であるビー博士の三人娘、その末子にあたる『フラワー・ビー』と呼ばれる爆弾の扱いに長《た》けた暗殺者の一人だった。

これもルワイルの狙いなのだろうか、家族のために闘うフラワー・ビーが相手では勇二に闘志は湧《わ》いてこない。

「やめろ……俺はもう闘いたくは……やめろぉぉぉっ！」

「だったら、死んでちょうだい。ばらまきフラワーボム！」

特製のローラーブレードを駆使しながら、フラワー・ビーは素早い動きで大量の爆弾を撒《ま》き散らす。直撃だけは避けても、勇二の身体にはダメージが蓄積していく。右腕の刻印も彼の気力のなさに同調して輝きを失っていた。

勇二の意識はただこの場から離れることだけに集約し、辛うじてフラワー・ビーの追跡を逃れた。だが、暗殺者たちの襲撃は更に続く。

勇二は逃げる……ひたすら敵から逃げ回る。

「いつまで続くんだ……愚問か。俺が死ぬまで……」

人のいる場所に辿《たど》りつけば暗殺者たちの襲撃も一時的に中断するはずなのは分かっていたが、勇二はそこを目指さなかった。

それは、他人を巻き込むまいという配慮ではない。

やがて……勇二は遂《つい》に力尽きて地に倒れた。

自らの破滅を願う自暴自棄な思いのままに。

第五話　過去からの襲来！　蘇る阿眞女

（静かだ……鳥のさえずりが聞こえるだけで、他には何も……）

意識を取り戻しかけた勇二は、まず最初にそう感じた。

次に感じたのは、ほんのりと漂うよもぎの香り。そして、「モグモグ……」というどこかで聞いたことのある音……いや、声だった。

声の正体を見極めようと目を開ける勇二。彼は鏡守神社の中、座敷に寝かされていた。

傍らには、萌木が眠そうな目で勇二を見つめ、口にはよもぎ餅《もち》を咥《くわ》えている。

「も、萌木……か？　ということは、ここは鏡守神社……どうして俺はここに？」

「赤くて丸くてぷにゅぷにゅしたものに潰《つぶ》される……そんな夢でも見ていましたか？」

「はぁ？　いや、見てはいないが……俺はうなされでもしていたか？」

「いいえ、違います。私はそういう夢を見た時に楽しかったもので、勇二さまはどうかなと思いまして」

相変わらずの噛《か》み合わないやり取りだったが、それでも諦《あきら》めずに会話を続けた結果、勇二は自分が神社の裏手で行き倒れていたところを萌木に見つけられて、現在こうしているのだと理解する。

勇二が眠りについていたのも一日ばかりのことで、その短い間のうちに暗殺者たちの手で傷付けられていた彼の身体《からだ》はほとんど回復していた。それは刻印の力による治癒能力の向上のおかげだったのだが、萌木は無理やりな自説を主張する。

「これも、私が強引によもぎ餅を勇二さまのお口にねじ込んだおかげですね」

萌木の看病とは思えない突飛なその行動はともかくとして、体力は戻っても勇二はまだ精神的な回復を果たしてはいなかった。

「萌木、助けられておいてこんなことを言うのは失礼だとは思うが、俺のことは見捨てておいてくれればよかった……」

らしくもなく弱気な発言をする勇二に、萌木は全てを見透かしたように告げる。

「勇二さまは欲張りなのですね。一度に何もかも手に入れようとなさっています」

「えっ……？」

「ですが、それでこそ勇二さまなのでしょうね。勇二さまならその欲張りな望みもいつか叶《かな》えてしまう……そう、周りの人に思わせてしまうのが貴方《あなた》の不思議なところです」

勇二に言わせれば萌木の方がよほど不思議な存在であり、そんな彼女への興味が彼を無気力で厭世的《えんせいてき》な心境に陥りそうになるのを救う。

「ふぅ～っ……分かった。とりあえず、いつまでも寝ているわけにはいかないな」

布団から出る勇二を見て、萌木はいそいそと懐からよもぎ餅を取り出した。

「精をつけないといけませんから……これはニンニク入りで……これは朝鮮人参が……」

「そのぉ、できたら、普通のよもぎ餅の方が……まあ、いいか」

萌木の好意（？）を素直に受け入れて、勇二はよもぎ餅の一つに手を伸ばす。すると、萌木は胸の前でパンと手を叩《たた》いて、「あっ、忘れていました」と呟《つぶや》き、次の瞬間、勇二の頭にパッコーンと竹箒《たけぼうき》の柄を命中させた。

「ぬおっ！　萌木、いきなり何を……もしかして、『忘れていた』というのは……」

「はいっ。やはり勇二さまに会ったらこうしないといけませんから」

全く掴《つか》み所のない萌木の雰囲気と接していると、尚更に勇二は深刻に落ち込んでいるのが馬鹿《ばか》馬鹿しくなり、いつしかその顔に少しだけ笑みが浮かんでいた。

☆　☆　☆

特製品のよもぎ餅の味に大いに悩まされた後、勇二は境内を掃き清める萌木の姿をぼんやりと眺める。その頭の中を探れば少しも『ぼんやりと』ではなかったが。

（萌木には何度か背後を取られ、竹箒で一本も取られている……原因は己の未熟さゆえのこと、萌木が気を消しているのが読めなかったのだと思っていたが、どうやらそうではないのでは……問題は、萌木の『気』の質にある）

勇二がそう考えるようになったのも、以前に似たような『気』を経験したからだった。

（邪悪さがないという違いはあるが、萌木の『気』はフォスカーのそれと似通っている。フォスカーは自分を闇《やみ》の者と称していたが、それでは萌木は一体……）

来夢の力を借りても、いまだ刻印については宇宙から飛来してくる謎《なぞ》の高次元生命体を引き寄せていることと、とてつもない力を秘めていることくらいしか判明していない。

現状で刻印について何か知っていそうな人物は、暗殺者たちと神出鬼没のタイガージョーを除けば、『闇迫りし時、刻印現る』と口にした萌木くらいしかいなかった。

だから、勇二はまずこうして萌木を見つめていたのだ。

そして、境内の掃除を終えた萌木が「買い物、買い物、通販もいいけど、お買い物♪」と出かけようとした時も、勇二は助けられたお礼にと荷物係として付き合うことにする。

繁華街へと出向いた萌木は、その巫女《みこ》装束のせいで必要以上に通行人たちの関心を買っていた。本人は全くその視線が気になっていないようで、宮司の蘇芳から頼まれた買い物をすませると、ふいに量販店の前で立ち止まり、じぃ～っとある一点を見つめる。

「じぃ～～～っ……勇二さま、あれ、いいと思いません？」

萌木が指さした先には、長い柄のついた剪定用《せんていよう》の高枝ハサミが陳列されている。

「いや、俺にはよく分からないが……って、えっ……？」

勇二の返事も聞かずに、ピューッと店に走っていった萌木はそのままの勢いで高枝ハサミを購入する。店員の「毎度ーっ！」という言葉を背に受けながら、早速包装を破って高枝ハサミをチョキチョキと動かす萌木は、表情に変化はないが不思議と嬉《うれ》しそうに見える。

「ちょきちょき……ちょっきん♪　勇二さま、挟んでみましょうか？　いろいろと……」

そう言って、萌木は勇二をじっと見つめる。

何を挟むかは知らないが、言いようのない不安を感じた勇二が「遠慮しておこう」と断ると、萌木は「そうですか。挟みがいがあると思ったのですが」と残念そうな顔になった。

続いて萌木が興味を示したのは、『一家に一台』とキャプションが付いた高級ドリルだ。

「なんでも、殿方の必須《ひっす》アイテムだとか……どうです、勇二さま？」

「それは初耳だな。どうして、必須なんだ？」

「そんなこと……女の口からは恥ずかしくて言えません。はしたない女と人様に後ろ指を指されたくありませんし」

何やら意味深な発言を繰り返す萌木を勇二が持て余していると、彼女に変化が起きた。

「すぅ……すぅすぅ……」

突然、立ったまま往来で熟睡してしまう萌木。勇二が声をかけても揺り動かしても、いっこうに萌木は起きようとはしない。

「うぅむ。どうしたものか……ん？　何か言っているようだが……寝言か？」

「ブタ……タイヤキ……きんた……負けるな……納豆丼……」

「はぁ？　しりとり……なのか？　いや、そういう問題ではないが」

「大日本帝国ばんざ〜い……進め一億火の玉だ……欲しがりません勝つまでは……」

このままでは何を言い出すのか分からないと、勇二は「失礼」と一応断ってから萌木を抱きかかえ、鏡守神社まで運んでいくのだった。

☆　　☆　　☆

どうにかこうにか勇二が萌木を境内まで連れていくと、慌てたように姿を見せた宮司の蘇芳が「申し訳ございません」と後を引き継ぎ、彼女を社の奥へと連れていった。

少しして、蘇芳は再び勇二のいる場所に戻ってきた。

「蘇芳殿。立ったまま眠るにしても、あそこまで熟睡する人を見るのは初めてですよ。病気……とかではないですよね？」

「実は……あれは『祝寝《いわいね》』といいまして、予知夢、萌木様の場合は過去夢、過ぎ去った過去を見るための儀式なのです。『忌むべき者』を捜し出すために」

続いて蘇芳は、別に勇二がそれを求めたわけではないのに、直径三十センチほどのかなり古いものだと一目で分かる鏡を彼に見せる。

「これは……この鏡守神社の御神体ですか？」

勇二の問いに蘇芳は静かに首を振り、説明を始める。青生生魂《アボイタカラ》という何万年でも風化しない金属で作られたこの鏡には、災いの元凶、『忌むべき者』と呼ばれるものの半身が封印されている、と。

「では、残りの半身は……いや、それよりも蘇芳殿は何故《なぜ》俺にそのような話をするのですか？　以前は萌木の存在すら隠そうとしていたはずなのに」

「あの際は失礼しました。一般の方からお隠ししていたあれには訳がありまして。萌木様は普通の巫女ではないのです。この鏡を封じし者、『神女《かみめ》』と呼ばれる特別な存在でして」

「『神女』？　初めて聞く言葉だが……？」

蘇芳は勇二の疑問には答えず、何故彼にこんな話をするのかについて明かす。

「萌木様は『祝寝』により知ったそうです。『近く、忌むべき者の半身が闇より目覚める』と。そして、『この神無の地を無に帰さないためにも、魔神様の御力が必要です』と」

少し前の勇二ならそのような超自然現象的な話には耳を貸さなかっただろうが、自身の右腕に謎の刻印がある今では嫌でも信じざるを得ない。

まだ聞きたいことがある勇二だったが、蘇芳はさらりと彼の意図をかわす。

「それでは、私はこれで失礼させてもらいます。萌木様がお目覚めになった時のために、よもぎ餅をお作りしておかなくてはならないもので」

いそいそとよもぎ餅作りへと向かう蘇芳の姿を目にして、勇二は駆け引き上手という点で彼を只者《ただもの》ではないと感じる。そして思った。父親と娘という年齢差に見える蘇芳と萌木の関係がまるで逆のようだと。

☆　　☆　　☆

とにかく勇二としては、萌木に直接に『忌むべき者』とやらのことを、そしてそれが右腕の刻印と何か関係があるのかを聞く必要があった。

その機会は、翌日に訪れた。

神社で蘇芳から「『祝寝』より目覚めた萌木様は裏山の発掘現場におります」と伝えら

れた勇二は、その場所へと出向いていった。

そこは本来採掘場だったのだが、最近になって弥生《やよい》時代の遺物が発見されたことで採掘から発掘へと目的が変えられていた。

本日はその発掘も休みなのか、萌木の他には誰《だれ》もいない。その彼女は発掘調査のために掘られた幾つかの穴の近くで何度も立ち止まり、そのたびに目を閉じて手で印を結び、何かを探っているように見える。

「國……厘……兌……」

神聖な雰囲気に勇二が声をかけそびれていると、萌木の方が彼の存在に気付いた。

「あっ、勇二さま……昨日は私が寝ている間に帰ってしまわれて……私はてっきりあのまま鏡守神社の跡取りになってくれるものと思っていましたのに」

「いや、それは……助けてもらった恩義は別の形で返すつもりだ」

いつものように突拍子もない言葉を口にする萌木から、二人の会話は始まる。

「……昨日、蘇芳からいろいろとお話は聞いたようですね、勇二さま」

「ああ。しかし、俺は萌木からも話を聞きたい」

「ふぅ～～っ、勇二さまはまだ私のことを『もえもえ』と呼んではくれないのですね」

「そ、それはまだ気持ちの整理が……いや、そういう話ではないんだ」

幼なじみのまゆを唯一の例外として、女性と二人きりで話をするのは苦手な勇二である。

その彼が萌木相手だと不思議とそうでもなかった。

こんな風にからかわれているのか本気なのか分からない会話も決して嫌いではなかった。

だが、今はそれに興じている暇ではないと考えてしまうのが、勇二の真面目《まじめ》さだ。

「まず……失礼を承知で聞きたいのだが、未熟ながら格闘家の一人として感じる君の『気』が他人のそれとは異なっている……そう感じるのだが、俺の誤りかな？」

「貴方のその感じようは、正しい認識です。私は人ではなく、鏡守の巫女、『神女』です。されど、それ以上のことはまだ……」

「まだ……？」

「ひみちゅ、なの、なの」

腰が砕けるような拍子抜けのショックにも、勇二は懸命に会話を続ける。

「何か深い事情があるのは分かる。だが、俺も別に好奇心から聞きたいのではない」

「では、代わりにたった今分かったことを特別さぁびすでお教えしましょう」

「えっ？　そういえば、蘇芳殿は君が『忌むべき者』を捜していると言っていたが……」

「私は思い違いをしていたようなのです。鏡に封じられていない方の『忌むべき者』の半身は街の何処《どこ》かに潜んでいたのではなく、長い時をかけて街全体に根を生やすように……」

そこで話は中断された。萌木が周囲を見渡し、「嫌な風のようでいて、そうではない不思議な風が……」と呟いたのに続いて、勇二の背後から凄《すさ》まじい殺気が放たれた。

「……妙な気を感じて来てみれば、女連れとは呑気《のんき》なものよな、魔神勇二」

近くの木に止まっていた鳥たちが一斉に空へと羽ばたき、大気までもピリピリと震える。

それほどの強烈な殺気の持ち主は、勇二も一人しか知らない。

「お、お前は……鴉丸羅喉！　何の用だ。まさか、お前も俺を狙《ねら》う刺客の……」

「刻印が発動してもその程度の認識しか持てぬとはな。俺が目の前に現れるまで気配すら察することもできぬ腑《ふ》抜《ぬ》けが！　そっちの女の方が余程マシだ」

「刻印？　刻印のことを知っている……！　一体、お前は……答えろ、鴉丸！」

「どうやら雑魚を幾らか倒したくらいで強くなったと勘違いしているようだが……俺は貴様に言っておいたはずだぞ。『魔神勇二を超えろ』と」

鴉丸の口の端が僅《わず》かに歪《ゆが》み、放つ殺気も増す。

「俺は気が長い方ではない……やはり、ここで殺すか」

胆力のない者なら鴉丸のその言葉だけで気を失うところだろう。

そして、それを物ともせずトコトコと鴉丸に近付いていくのは、萌木だった。

「……私は鏡守萌木と申します。『もえもえ』とお呼びください」

「ふむ。俺の目を見据えて、自己紹介とは。肝の据わった女だな、もえもえとやら」

さらっと『もえもえ』と呼べてしまうのも、鴉丸と勇二の差であろうか。

「お褒めくださって、ありがとうございます。では、そのお礼とお近付きの印にこれを」

鴉丸に向かってすっと差し出した萌木の手には、例の如《ごと》くよもぎ餅があった。

勇二が「萌木、駄目だっ！」と危険を訴えるのに反して、意外にも鴉丸は「ありがたく頂こう」とよもぎ餅を萌木から受け取り、尚且《なおか》つその場で食した。

「魔神勇二よ。今日のところはこのよもぎ餅に免じて見逃してやろう。今は口中に仄《ほの》かに残るよもぎの香りを、無粋な血の匂《にお》いで消したくはないからな」

この予想外の展開に、一人蚊帳の外の勇二はいきり立つ。

「鴉丸！　俺の命よりも、よもぎの香りの方が勝るとでも言いたいのか！」

「ふっ、短絡的な奴め。そのような物の捉《とら》え方しかできぬとはな。貴様も少しは『雅《みやび》の心』を理解してみるのだな。くくくっ……はーっはっはっはっ！」

侮蔑《ぶべつ》の笑いを残し、鴉丸は勇二と萌木の前から去っていった。

それでも尚残っている鴉丸からのプレッシャーに押し潰されるように、勇二は地に膝《ひざ》をつく。彼の右腕の刻印も熱を帯び、ぼんやりと逆十字型に光を放っていた。

それを見て、萌木が勇二に聞こえないくらいの微《かす》かな声で呟いた。

「その輝き……形こそ異なりますが、懐かしく……そして、おぞましい」

☆　☆　☆

その日の夜。N市の何処かであり、同時にそうではない場所、混沌《こんとん》とした闇の中……。

そこで、憎悪のみを源として燃え盛る炎が蠢《うごめ》き始めていた。

「余ハ……余ハ、誰ゾ？　ソウダ……余ハ……憎シミヲ育ム者ナリ……」

混沌は次第にはっきりとしたものに形作られていく。

「サレド、余ハ封ジラレ……やみのなか……憎しみの炎を燃やすのみ」

それは、萌木が『祝寝』で予言した『忌むべき者』、長き眠りについていたその者が刻印の力に導かれ、目覚めの時を迎えようとしていた。

「この力の肌触りは……やはり、あの時と同じもの……あの時に余がこの力をあまねく手に入れてさえいれば、封じられることも……！」

いまだ定型を成してはいなかったが、その目だけは憎悪の対象に向けて怨嗟《えんさ》の念を放つ。

「何故、余がこのような目に……許せぬ……許せぬぞ、余を封じし者よ。余は必ず蘇《よみがえ》り、そなたを滅するなり！」

☆　☆　☆

刻印の力が『忌むべき者』に影響を与えたように、勇二の方もその夜、何か邪悪なものが蠢き始めたのを夢うつつの中で感じ取った。

その件を話すため鏡守神社に出向いた時も、背後から萌木に「今日もよい音がしますように。えいっ！」と竹箒で頭を叩かれるという理不尽な結果が勇二を待っていた。

この手のやり取りはいつものことと割り切って、勇二は自分が感じた不吉な波動について説明した。当然それを感じ取っていた萌木は、さらりと重大なことを告げる。

「……これから起きることは、『神女』である私が受け入れなければならないもの。けれど、勇二さまは……より苛酷な運命を背負った勇二さまにとっては避けても構わない闘い……そう言ってもいいでしょう」

「えっ……？　何を言ってるんだ、萌木！　蘇芳殿には言ったのだろ。俺の力が必要だと。だったら、今の言葉とは矛盾してるじゃないか！」

「それは……私が……勇二さまと一緒に……」

言葉を詰まらせた萌木の頬《ほお》が微かに朱色に染まっているのに、勇二は気付かない。

「萌木、これだけははっきりしておきたい……何故、忌むべき者は今になって目覚めたんだ？　俺の刻印の力も最近になってのものだ。だとしたら……」

「はい……おそらく忌むべき者の目覚めは、勇二さまの刻印の力に誘発されたからだと」

薄々分かってはいたが、萌木の答えに勇二は唇を噛みしめる。

「……くっ！　やはり俺は『組織』とやらが呼ぶように、この世界に『破滅をもたらす者』なのか……俺のせいで又、誰かが苦しむというのかっ！」

勇二の中に、先日この鏡守神社で行き倒れるという醜態をさらすことになった絶望が蘇る。萌木のおかげで忘れることができていた絶望が。

「俺も忌むべき者、この世界では忌むべき存在だというのかっ！　どうなんだ、萌木！」

勇二の心からの叫びに、萌木は真摯《しんし》な眼差《まなざ》しで答える。

「勇二さま……気を強く持ってください。そして……自分さえいなければ、などと運命から逃げてはいけません」

「萌木……」

「力とは、使う者の意思があって初めて形を成すものです。全ては、その人次第。破滅を導くことも、その逆も又……」

「そうか……そうだな。萌木の言う通りだ。取り乱したりしてすまなかった」

そう頭を下げた勇二は、初めて自分からよもぎ餅を欲する。喜んで萌木が懐から差し出したよもぎ餅を、勇二は口に詰め込んだ。

「んぐっ……甘いはずのよもぎ餅が塩辛く感じる。勝負で言えば、先程の俺は萌木に完敗だった。つまりは、これが敗北の味というものなのか……」

「それは塩がたっぷり入った塩よもぎですから、当たり前だと思いますよ」

「ぶほっ！　そ、そうなのか。いや、今の俺には確かにこの塩よもぎが相応《ふさわ》しい。甘さを捨てよと、つまりはそういう意味の教訓なんだろう」

萌木がクスッと笑い、つられて勇二も苦笑し、いつしか二人は笑い声を立て合っていた。それは忘れるのではなく、勇二が心の中の絶望と向き合い始めた証《あか》しでもあった。

しばらくして笑いが収まると、萌木が話題を最初の段階へと戻す。

「……勇二さまが運命に立ち向かうのと同じに、忌むべき者との決着は私がつけないとなりません。勇二さまは勇二さま自身の闘いに専念してください」

「俺の闘い……？」

「別に私は楽な道を指し示しているのではありません。その先には、昨日お会いした鴉丸さんがきっと待っているでしょうから」

萌木が本当は何を望んでいるのか、勇二には分からない。だから、彼は自分の気持ちに正直に従った。これまでずっとそうしてきたように。

「俺は今まで格闘技一筋で生きてきた。修行を繰り返し、強くなることだけが俺の全てだった……だが、それだけでは勝てない相手、理不尽な現実や運命という厄介なものに俺は出会ってしまった」

言葉以上に、勇二の見つめる目が萌木に彼の意思を伝える。

「だから、俺は見届けたいんだ。萌木が何に立ち向かおうとしているのかも」

「……やはり、強いのですね、貴方は」

萌木の視線は目の前の勇二を飛び越えて、何処か遠くに向けられる。

「千年周期でこの世に現れる、刻印の力……どちらが正とも邪とも問えない二つの力の戦い……あの時、私にも勇二さまのような強さがあれば……」

そう呟いた萌木は、やや唐突に遥《はる》か昔、二千年前の物語を語る。この地にもまだ産土神《うぶすながみ》、各々の土地を司《つかさど》る名もなき神、氏神がいた時代、『神無』の地となる前の物語を。

……愛し合う一組の若い男女がいた。しかし、その女に横恋慕した集落の長《おさ》が強引に男から奪った。愛する者を奪われた男は集落から追放され、何処かで野垂れ死にをした。愛する者を失った女は狂気へと逃げ込んだ。愛する者を手に入れた長も女に愛されることはなく生涯を終えた……誰一人救われない話であった。

「……惨《むご》い話だな。だが、いろいろと疑問がある。何故、その若い男は愛する女を取り戻そうとはしなかったのだ？　女の方も何故男についていかなかったのだ？　それに、その長にしても女性を権力で手に入れるなどとは愛しているとはいえないと思うが」

単純明解な勇二の思考が、萌木には眩《まぶ》しく思えた。だから、もう一度先程と同じ言葉を繰り返す。今度は万感の思いを込めて。

「あの時、私にも勇二さまの強さがあれば……」

そのまま萌木は勇二をじっと見つめる。勇二もその視線から目を逸《そ》らせなかった。

（まるで、一流の格闘家と仕合うような心持ちだ……）

そんな風に考えてしまうのが、如何《いか》にも勇二らしかったが。

しかし、二人だけのそんな時間も長くは続かなかった。

☆　　☆　　☆

鏡守神社をぐるりと囲むようにぞろぞろと怪しい人影が集まってきたことで。

「……むっ！　これは……又、刺客か？　いや、殺気はない。その代わりに……なんだ？

この嫌な肌触りのする気配は……」

危険を察して萌木を守るように位置を取った勇二の目に、十数人の男たちがゆっくりと
近付いてくるのが映った。まるでゼンマイ仕掛けの人形のようにギクシャクとした動きを
見せる彼らの正体を萌木が見抜く。

「あれは、操り人！　忌むべき者はそこまで力が戻っていたのですか」

萌木が口にした『操り人』とは文字通り、元は生身の人間が邪悪な力に心を奪われて操
られている者のことを示す。

今、操り人たちの視線は勇二にも萌木にもなく、社の奥に向けられていた。

「……そういうことですか。勇二さま、彼ら、操り人の目的は封印の鏡にあります！」

「そうか。ならば、容赦はせん！」

勇二は操り人を元は生身の人間であることに気付かず手加減なしに倒そうと向かってい
く。

それを見て、萌木が「いけません！」と制止しようとする……が、その必要はなかった。

バキィィィィィッ！

突如出現したタイガージョーが萌木の意図を汲《く》むように、勇二に鉄拳を揮《ふる》ったのだ。

「愚か者がぁっ！　勇二、お前の拳《こぶし》は素人にとってはまさに凶器。今、お前がやろうとし

ていることは『赤子の手をひねる』どころか、ひねって、きめて、折る、ようなものだ！」

「くっ……タイガージョーか。だが、そうは言われても……」

何が苦手と言って『手加減』ほど苦手なものはない勇二は、操り人に対して手をこまねいた。あげくにその一人に封印の鏡を奪われてしまう。

「なんという失態！　この未熟者がぁっ！」

バキィィィィッ！

「ぐはぁっ！　タイガージョー、確かに俺は未熟者に違いないが、今はそう何度も殴られている場合では……」

「その通りだ！　今は火急の時。鏡を奪取した者を早く追わんかぁっ！」

「……勇二さま、申し訳ありません。ご助力、お願いします」

微妙に問題をすりかえているタイガージョーの命令はともかく、操り人たちを浄化するので手が離せない萌木の頼みを聞き入れて、勇二は奪われた鏡を追う。

ところが、それこそが罠《わな》だった。鏡を奪った操り人に追いついた勇二の周りを異質な気が包み込み、別の空間と化した。

そして、混沌からまだ完全に実体化してはいない忌むべき者、『阿眞女《あまめ》』が姿を見せた。

「余は、闇より目覚めし御霊《みたま》、『阿眞女』。禍き災い天を焼き尽くす大蛇となりて、全てを無に帰すものなり。汝《なんじ》が『刻印を持つ者』か。ならば、余の一部となるがよい」

阿眞女の目論見《もくろみ》は、勇二の刻印の力を吸収すること、そしてその力で鏡の封印を解いて完全体となることにあった。

「……そうか。お前が萌木の言っていた、忌むべき者……阿眞女か！」

「はっ、余を忌むべき者とは笑止よのぉ。余とそなたは同じ存在ではないか」

「な、なんだと？　それはどういう……ぐあっ！」

僅かな心の動揺を突かれ、目に見えぬ巨大な力が勇二にのしかかる。同時に襲う急激な疲労感と、平衡感覚を狂わされるような酩酊感《めいていかん》に、勇二は思わず膝をついた。

「おお……この力、やはり素晴らしきものよ。これならば再び余の手でこの世の全てに闇をもたらすことができようぞ」

「ふざけるな……そ、そんなことは……させぇぇぇん！」

「小賢《こざか》しいことを……ならば、全ての力を吸い尽くされ、醜い屍《しかばね》となるがよいぞ」

加速度的に増していく圧迫感に、勇二の全身の骨が軋《きし》み出す。それでも諦めを知らない彼の意思に、右腕の刻印が呼応して輝きを見せた。

「ぐぎゃあああっ！　く、口惜しや……未《いま》だ封じられし余では無理であったか……」

勇二から先程までの圧迫感が消失し、逆に阿眞女が苦痛の声を上げる。半身を鏡に封印されている状態では刻印の力が強力すぎて、阿眞女の目論見は失敗に終わった。それ以上に誤算だったのは、勇二の刻印の力をいっそう引き出す結果になってしまったことだ。

「これも全てあの者が余を……刻印を持つ者よ、これで終わりではないぞ！」

怨《うら》みの呪詛《じゅそ》、「斎……裏……鵬……呪……」を残し、阿眞女は消え去った。

それに対して、勇二は言葉がなかった。彼の中には言いようのない恐怖が広がっていたのだ。阿眞女に取り込まれそうになった時に勇二が感じたのは、長い年月の間に積もり積もった怨み、それも初めて接する女性のどろどろとした情念そのものだった。

「……阿眞女といったな。あんなものとやり合うつもりなのか、萌木は」

今まで経験したことのない嫌な冷や汗が、勇二の背中を伝っていた。

☆　☆　☆

辛くも取り戻した封印の鏡を改めて社の奥、結界の中に納め直した後、勇二は萌木の頼みで彼の家族が眠る墓へと彼女を案内する。

とうに日が落ちて月明かりを浴びる墓地の様子は、先日のこの場所での出来事、魂と化した恵の姿を勇二に思い起こさせ、その胸を締めつけた。

「萌木、どうして急に俺の家族の墓に……えっ？　萌木、それは……」

萌木の頬には、一筋の涙が流れていた。

「すみません。ここには哀《かな》しい思いが満ちていましたから……ですが、少しだけ羨《うらや》ましいと言ったら、勇二さまは気を悪くなさりますか？」

「いや、どういうつもりで萌木が言ったのか分からないが、別にそんなことは……」

萌木は涙を拭《ぬぐ》うと、懐から取り出した濡《ぬ》れ雑巾《ぞうきん》で魔神家の墓石を「んっ、しょ……ふきふき」と拭《ふ》き始めた。

「あっ……悪いな、萌木。掃除なら俺も……」

勇二がそう言うと、どこに隠し持っていたのか萌木は「はいっ」と竹箒を差し出した。

受け取った勇二は、枯れ葉の散乱した地面を掃き始める。

萌木の手の雑巾が生み出す『キュッ、キュッ……』という音と、勇二の手にした竹箒が地面をなぞる『ザッ、ザッ……』という音だけが夜の墓地に響き渡る。

その静けさを勇二の言葉が破る。それは、封印の鏡を取り戻した際の経緯についてまだ萌木に話していなかったことだ。

「……忌むべき者、阿眞女が現れた。俺の刻印の力を狙っていたようだったが」

萌木の掃除をする手は止まらない。彼女にとっては予想していたことだったのだろう。

「そうですか……でも、安心してください、勇二さま。今の半身の状態では……いえ、如何なる者でも刻印の力を奪い取れはしないと、あの者にも分かったはずですから」

「俺も人ではない闇の者との闘いは経験していたが、あの阿眞女はその比ではなかった。なんと言えばいいか、あの憎しみの、怨みの深さに、俺は……恥ずかしいが、恐怖した」

女性とは清らかで美しく、守るべきもの……そんな認識の勇二には、ある意味において鴉丸以上に阿眞女は厄介な相手だったのかもしれない。

「萌木、本当にあの阿眞女をどうにかするなんてことができるのか？　いや、何か方法はあるのだろうが、そのためには大きな犠牲が必要になるんじゃないのか？」

「勇二さまは私のことを心配してくれているのですか？　もしかして、私にらぶらぶ？」

「茶化さないでくれ。俺は本気で心配して……」

「心配はいりませんよ。もともと私はとっくの昔に死んでいる人間ですし」

「そうか。それならば……えっ？　萌木、今、なんと……」

一瞬だけ辛《つら》そうな表情を見せたが、それを振り切って萌木は言った。

「私は……鏡守の神女です。神女とは、人にあらず又いずれでもある化身の者。己が魂と共に彼《か》の者を鏡に封じたのです、永遠に」

萌木は二千年前、阿眞女の封印が完全ではなかったためにそれを見守り続けるべく不老不死の肉体になったのだった。封印に綻《ほころ》びが起きた時にだけ目覚め、それ以外は鏡と共に眠りについているのが常だと、萌木は淡々と説明する。

「子供の頃《ころ》の蘇芳にも一度だけ会っています。その時に私の好物がよもぎ餅だと知って、それ以来いつかは食べさせたいと研究に研究を重ねてきた……蘇芳はそう言ってました」

不老不死の証明として、萌木は勇二に自分の手を握らせた。それは冷たく、本来あるはずの脈も手首には感じられなかった。

「鏡と魂が同化することで、肉体の時は止まり不死となりましたが……それは同時に生きてもいないこと……他の人から見れば阿眞女、彼女と同じ化け物でしかありませんね」

「……辛い思いをしてきたんだな」

人外の者に対する恐れも驚愕《きょうがく》もなく、勇二は萌木にそう告げた。

「えっ……勇二さま？」

「だって、そうじゃないか。まだ二十年も生きていない俺でさえ、何度か身を焼くような辛さを味わった。ならば、萌木はもっと……それでも、あの阿眞女のように憎悪に逃げることはなかったんだ。そんなお前をもし化け物と呼ぶ者がいたら、この俺が許さないっ！」

拳を握りしめて激する勇二を嬉しく思いつつ、その気迫をさらりと受け流すように萌木は言った。

「辛い思い……どうなのでしょう？　この身体は記憶を留めておくのが難しくて……そうですね。頭の中身がトコロテンみたいなんです。新しい出来事に古い記憶がギュッと押し出されていくみたいで……あらっ、そういえば今お話ししている貴方は誰でしょうか……な～んて」

冗談で切り返す萌木の様子が、却《かえ》って勇二には自分の想像が及ばぬ辛さを感じさせた。

「……萌木、何故お前は急にこんな重大なことを俺に明かしてくれたんだ？　確か前にはひみちゅ……いやいや、秘密とか言っていたはずだが」

「勇二さまには知っていてほしかったから……あっ……でも、どうして私はそう思ったのでしょう。あなたに本当の私を知られるのは怖かったはずなのに……えっ？　怖い？」

顔に「？」のマークを貼《は》りつけたような萌木の様子に、勇二も苦笑するしかなかった。

☆　☆　☆

このN市、神無の地において、神の代わりに長い年月を経て深く静かに潜むようになった、阿眞女である。

萌木が自分に問いかけた疑問、その答えにいち早く辿《たど》りついている者がいた。

勇二の刻印の力、その脅威を知り、封印の鏡を奪い損ねた阿眞女だったが、その際に一つの重大な事実を突きとめていたのだ。

「ふふっ……あの封印の鏡が曇っておったわ。鏡と封じし者は一心同体。あれぞ、まさに封じし者、忌々しい鏡守の神女の時が動き出した証し」

怨みの対象をはっきりと認識し、加えてその者の弱みを見届けたせいだろうか、阿眞女は混沌から人であった時の姿を取り戻していた。

周囲に存在していた漆黒の闇がそのまま腰まで伸びる長き黒髪へと変わり、太古の巫女装束を身に纏《まと》った女性、阿眞女はほくそ笑む。

「ふっ、憎き萌依枝《もえぎ》めが！　そなたには永劫の苦しみを与えてくれようぞ。その時が来るのを待っておれよ……ふふっ……ふははははっ！」

狂喜する阿眞女の笑いがN市全体を包み込むように響いていった。

☆　　☆　　☆

封印の鏡が曇り、輝きを失いつつある。それは、封じられた阿眞女の半身が蘇り、忌むべき者として真の覚醒《かくせい》が近付くということを示していた。

萌木がその異変に気付いたのは、鏡が取り返された翌日のこと、勇二の頭をいつもの如く竹箒で背後から小突こうとして避けられたのに端を発した。

「あっ……よくお気付きになられましたね」

「ああ。ほんの僅かだが、ようやく萌木の気の動きが読めるようになった」

「えっ……？　勇二さま、本当に私の気を感じられたのですか？　でも、まさか。そんなことが……もしかしたら、私の時が動き出した……」

珍しく戸惑いを見せる萌木に、勇二の方が何か悪いことをしたような気がしてくる。

「そう大げさに考えることは……まあ、初めて頭を叩かれた時は、俺も武道家としての自信を失いそうになるところだったが」

「私の竹箒で無様に叩かれてがっくりと肩を落とす勇二さまが好きでしたのに……」

冗談めかして萌木が言った『好き』という言葉に、彼女の気が読まれたことと封印の鏡に起きた異変の原因が隠されていた。一人の女性として勇二に心を動かし始めていた萌木、それは『神女』から『人』へと戻ってしまうことを意味する。

「勇二さま、すみません。私は今から封印の鏡に異常がないか、確かめに行かねば……」

その必要はなかった。

突如、激しい耳鳴りと共に勇二と萌木の頭上に自然現象ではない黒雲が立ち込めた。

その黒雲が境内を覆うまでに広がると、そこから阿眞女が姿を見せたのだった。

「むっ？　あれは……阿眞女！」

「神社の結界を物ともしないなんて……ここまで力を取り戻しているということは、やはり鏡の封印が……！」

萌木の表情に悔恨が浮かぶのを見て、阿眞女は勝ち誇る。

「そう、余の力は覚醒間近よ。萌依枝、神女もやはり人であることから逃れられないのだ。肉体を失っても余から憎しみが消えぬのと同じに……」

「貴方は……それほどまでに私が憎いのですか？」

「ああ、憎い、憎いとも！　そなたが神女の力を失うのは余にとっても吉であるはずなのに、それを素直に喜べぬほどにな。余が永遠に失ってしまったものを『人』に戻ったそなたが手に入れるなどは許さぬっ！」

そう言い切った阿眞女の視線は、萌木から勇二に移った。と同時に、不可視の力が閃真流奥義を放とうと構えていた勇二の身体を拘束する。

「くっ……何ぃっ、動けん！　なんの、これしきのことで……！」

「やはりな……刻印の力はおいそれと使いこなせるものではない。木偶《でく》となりて、そこで見ているがよい。萌依枝めの御霊が消え去るのを！」

「いいえ……今一度、私が貴方を封じてみせます」

阿眞女の怒号に比べて萌木の声は静かだったが、そこには強い意志が込められていた。

「破……闇……鵬……塁……」

萌木が呪を唱え始めると、それに応《こた》えて周囲の気が彼女に集まり出す。

「ぬうぅぅっ……おのれ、まだこのような力が……斎……裏……鵬……呪……」

対抗して阿眞女の口からも力を持つ呪が紡ぎだされ、萌木の額に汗が浮かぶ。

「も、萌木っ、大丈夫かっ！　今、俺も……はぁぁぁぁっ！」

勇二は必死に力を振り絞る。その姿こそが萌木に力を与え、呪を完成させた。

「國……厘……兌……………乾！」

「うぐっ……鏡守の神女が……ぐあああああっ！」

萌木の呪により、阿眞女は黒雲と共に弾《はじ》き飛ばされる。が、それは滅したわけではない。

「ど、どうやらそなたの力も残り僅か……次こそは惨たらしく殺してやろうぞ」

阿眞女の捨《す》て台詞《ぜりふ》が決して負け惜しみではない証拠に、力を使い果たした萌木の身体は糸の切れた操り人形のようにがくりと崩れ落ちた……。

☆　　☆　　☆

……萌木は夢を見ていた。

それは、春。ぽかぽかと暖かな昼下がりの出来事。古い、古い遥か昔の出来事。

幼子の萌木……否、萌依枝は母の姿を求めてさまよっていた。

見つけたのは、古くからある洞窟《どうくつ》の近くの草原。母はそこで優しく微笑《ほほえ》んでいた。

そして、母の手にはよもぎ餅があった。

「ねぇ、母しゃま。これ、母しゃまが作ってくれたの？」

「……そうよ。貴方のために……愛する貴方のためにいっぱい作ったのよ。お食べなさい」

もぐもぐと美味《おい》しそうに食べる萌依枝に、母はそれが『よもぎ餅』だと教える。

「そう……貴方の父さまが大好きな食べ物なの」

「ふぇっ？　でもぉ、父しゃま、甘いものは嫌いで……」

萌依枝の戸惑いに構わず、母は語り続ける。

「ああ……早く、父さま、帰ってこないかしら……今日は狩りで遅くなるのかしら」

「狩り？　でも、父しゃまは……萌依枝の父しゃまは……」

母は萌依枝を抱きしめる。すっぽりと包み込むように。

「貴方は、私の大切な娘……愛するあの人との間に生まれた愛《いと》しい娘……二人でお願いしましょう。早く父さまが無事に帰ってくるようにと……ふふっ、ふふふっ……」

初めて耳にした、母の幸せそうな笑い声……そこで夢は終わった。

☆　　☆　　☆

現実の萌木の頬を一筋の涙が伝い、枕《まくら》を濡らす。

それをそっと拭ってやったのは、いつかとは丁度反対の図式、床に寝かされた萌木の傍らに付き添っていた勇二の指だった。

その側《そば》には蘇芳の姿もあり、彼から勇二は封印の鏡が曇り出したことと、その原因である萌木との因果関係について事情を聞いていた。

「……つまり、阿眞女が蘇りつつあるのも、萌木が鏡守の神女であることよりも、人としてありたいと願ってしまったから……そういうことですか、蘇芳殿」

「はい……おそらく萌木様はそのことで自分を責めようとするでしょうが、私はむしろそれを喜ばしいことだと思っています。当神社の宮司としては失格かもしれませんが」

「蘇芳殿、俺も同感です。二千年に及ぶ呪縛《じゅばく》から萌木がそれで解放されるのなら」

蘇芳は勇二に頭を下げて感謝の意を示すと、改めて萌木の寝顔を見つめる。

「魔神様……この蘇芳にとって萌木様は敬愛すべき存在であり……そして不遜《ふそん》ながら少しだけ娘のようにも思っております。ですから、萌木様が幸せになられるのなら、私は……」

感極まってそれ以上は話のできない蘇芳は、「さて、よもぎ餅の新作でも……」と理由を見つけてこの場から立ち去っていった。

それからしばらくして、萌木がようやく目を覚ました。

「ん……ねむねむ……あっ、勇二さま？　私が寝床にいて勇二さまがその脇《わき》にいらっしゃるということは……夜這《よば》いですね、これは。わくわく、どきどき……」

相変わらずな萌木に苦笑した後、勇二はキッパリと言った。

「萌木。阿眞女は俺が倒す。この右腕の刻印の力を使えば何とかなるかもしれない」

「いえ、それは無理でしょう。一時的に滅することはできてもそれでは阿眞女の……母さまの憎しみの念はいずれ又復活してしまうでしょうから」

「だが、それでもいいじゃないか。このままでは萌木が……えっ？　今、母さまと言ったのか？　まさか、そんな……！」

「勇二さま、前に私が語った、遥か昔の物語のことを覚えていますか？　あの中に出てきた、恋しい男と引き裂かれた女が母さまで、村の長との間に生まれたのがこの私なのです」

絶句する勇二を前に、萌木がその時には話さなかった物語の続きを語る。

憎い男の子供、萌木を産み落とした頃には正気を失って気狂いとなった女、阿眞女は、とある運命から大いなる力を得て物《もの》の怪《け》と化した。憎悪から殺戮《さつりく》を繰り返すようになった阿眞女を封じる役目を担ったのが、時を同じくして対となる力を得た萌木だった……。

「自らそうすることを望んだのに、私は半身を封じられず逃がしてしまいました。恋しい人と引き離された母さまの苦しみを……日の当たらない部屋で一日中壁ばかりを見て生きるのを放棄していた母さまを見ていたから……あの時、勇二さまの強さが私にあれば……」

「それは違う！　俺だって肉親を自らの手でそうしなければならなかったら……あっ！」

勇二は気付いた。それが仮定の話ではすまないことを。父と母と妹の命を奪った兄、勇一の存在を。そして、彼との決着を望む自分の心に。

黙り込む勇二に向かって、床を出て姿勢を正した萌木が告げる。

「私はもう一度、封印の儀を行おうと思っています。ですから、私に勇二さまの強さをお分けください。そのぉ……お情けと共に……」

萌木が口にした『お情け』とは夜這いの逆で、女性が男性を求めること。その意味が分からないため、「えっ？」という顔をする勇二の反応を、萌木は読み違える。

「そうですね。私は卑怯《ひきょう》でした。自分の気持ちをはっきりと伝えずに誤魔化《ごまか》すような真似《まね》を……このたびの母さまの完全復活は私のせいなのです。まずはそのことからお話を……」

「あっ、いや、そのことは蘇芳殿から一応聞いている。萌木が神女ではなく人として生きたいと望んだから、鏡の封印が解けようとしていると……」

「そうです。では、どうして私がそう望んだのか、分かりますか？　ヒントは……私が一人の女としてある御方に心を動かしてしまったから……です」

ここまで萌木が言っても、「はて？」と首を傾《かし》げる、女心に疎い勇二であった。

業を煮やしたのか、萌木はするりと袴《はかま》の帯を解き始め、瞬く間に巫女装束を脱ぎ捨てて勇二の前で一糸纏わぬ姿になる。

「も、も、萌木！　一体、何を……！　婦女子がそのようにはしたない真似は……」

「愛しい殿方に肌を見せるのは、少しもはしたない真似ではありませんよ、勇二さま」

「えっ……？」

「まだお分かりになりませんか？　私は……勇二さまに恋をしたから……心から勇二さまを愛しいと思ってしまったから……貴方と同じ時を生きる『人』になりたいのです」

萌木の愛の告白、それは間近に迫っている阿眞女の脅威を忘れさせてしまうほどのインパクトを勇二に与える。

そして、萌木の裸から目を背けはしていたが、萌木の覚悟のほどは勇二にも分かる。

（……萌木は心から俺のことを想《おも》ってくれている。だとしたら、俺はその想いに真剣に応えねばならん……落ち着け、落ち着くんだ！　少々、形は違えど、これも一つの真剣勝負！　今は心を静めて、我が内なる気持ちに尋ねるのだ！）

しばらく二人の間で沈黙が続いた。その沈黙こそが、勇二の答えでもあった。

「……勇二さまにはもう他に愛する人がいるのですね」

「えっ……いや、それは……」

はっきりと「いない」とは否定できない、勇二。

しかし、萌木が自分の気持ちを整理するのにはそれだけで充分だった。

「分かりました……では、勇二さま。今宵《こよい》一夜限りの契りということで……」

「ち、契り？　い、いや、それこそ駄目だ！　俺はそういった行為は、一生添い遂げる者としかしないと決めている」

狼狽《ろうばい》する勇二を見て、萌木はクスッと笑い、再び巫女装束を身に纏い始める。

「冗談です。勇二さまがそのようにおっしゃる方ですから、私は好きになったのです」

「そ、そうか……すまない、萌木。お前の想いに応えることができなくて」

ようやくホッと一息ついた勇二は、つい余計なことを口走ってしまう。

「お詫《わ》びというのも変だが、何か俺にしてほしいことがあれば言ってくれ」

「それでは……やはりこれから二人で男女による夜の営みというものを……」

「い、営み？　いや、そういうこと以外の望みを……」

「まぐわう……というのは？」

「駄目だ！」

「交尾……では？」

「それも駄目だ！」

「はぁ……困りましたねぇ。じゃあ、そのものズバリ、セッ……」

「よせ、萌木！　その言葉はそれ以上、婦女子として言ってはならん！」

「セッセッセーのよいよいよい……ですが、これも駄目なのですか？」

さんざんからかわれてゲッソリとなる勇二を見て、萌木はこれでもまだ足りないとでもいうように、のほほんとした顔をしている。

阿眞女との決戦を控える中、ほんの少しそれを忘れさせる安らぎの時間であった。

☆　☆　☆

そんな二人を見守る、一つの影があった。

言わずと知れた謎の男、タイガージョーである。

「女心が分からぬというのにもほどがあるわぁっ！　それにだ。結果的に相手の女性を袖《そで》にしてしまうにしても、気遣いの一つもできぬとは情けない！」

そう言い放ってこの場に乱入していくのは、さすがにタイガージョーでもできかねた。

思考を切り換えて、タイガージョーは刻印の力について考えを巡らす。

(太古に『神無』の地と呼ばれていた、このN市の存在……閃真流格闘術開祖の地という言い伝えもあったが……やはり全てはあの刻印の力、か)

タイガージョーは自分の立っている屋根、その鏡守神社の境内を見渡す。

(萌木に阿眞女、闘い合う運命にある二つの強大な力……刻印の力と彼女たちの得た力が同質のものだとしたら……勇二が二千年前の闘いの決着に関《かか》わるということ自体、やはり意味があるのだろうか)

どうやらタイガージョーは勇二よりも、破滅の刻印、その本質に近付いているようだ。

だとしたら、彼の意図は如何なるものなのか。

虎《とら》のマスクから垣間《かいまみ》見えるタイガージョーの瞳《ひとみ》はいまだ何も語らない。

第六話　萌木危うし！　黄泉の狭間の大追跡

鏡守神社の境内。

狛犬《こまいぬ》が互いに向き合って鎮座ましましているその横に、勇二の姿があった。

「あの日……同じこの場所で朝の修行の後、萌木と出会った。そして……」

勇二が洩《も》らした『あの日』とは、彼を取り巻く全てが変わった日のことだ。

惨劇を締めくくるように全て燃え尽きてしまった生家に反して、勇二の中では『あの日』に見た光景がまだ燻《くすぶ》っていた。すぐにでも燃え盛る炎、復讐心《ふくしゅうしん》や後悔という負の感情へと変わってしまいそうになる危険を帯びて。

あれからまだ一ヶ月も経《た》っていない。

だからだろうか……そう、勇二は考える。もっと時が経てば今の激しい感情も薄れ、ただの苦い記憶と化してしまうものなのか、と。

だとしたら……と勇二は思う。二千年という果てしなく長い時の彼方《かなた》より憎悪の念を引きずる阿眞女と、それを甘んじて受けつつ責任という名の荷を背負い続ける萌木、二人はどうなのだろうか。時の流れも人の思いを変えることはできなかったのか、と。

勇二は頭からその考えを振り払うように軽く首を振った。

「……あれこれ考えるのは俺の性分じゃないな。全ては行動で理解していくしかない」

そして、勇二は右腕の刻印を指でなぞる。

今まで暗殺者たちから生き延びてこられたのは、自分の格闘家としての実力のみとは勇二も自惚《うぬぼ》れてはいない。この刻印の力がなければとっくの昔に死という現実が訪れていただろうことは彼にも分かっていた。

それでもやはり、勇二にとって刻印は忌まわしいものでしかなかった。

しかし、今日だけは違う。自分のようなものに想《おも》いを寄せてくれた萌木、彼女の助けになるならばと、勇二は刻印の力をフルに使おうと頼りにしていた。それでこそ、『破滅の刻印』という名前も返上できるだろうと思っていた。

「……勇二さま、お待たせしました」

その手に封印の鏡を携えて、萌木が勇二の前に現れた。いつものように眠そうにしているその目の中にも決意を秘めた意思の煌《きらめ》きが見える。

萌木の後ろには、勇二に向かって深々と頭を下げる蘇芳の姿もあった。

そう、この日は萌木が再び阿眞女に対して封印の儀を行う日であった。

☆　　☆　　☆

二人が向かったのは、鏡守神社の裏手にある、例の発掘現場だ。

某大学が中心となった考古学上の発掘というのは表向きの理由、蘇芳の人脈の賜物《たまもの》で、実際の目的は二千年前に行った『封印の間』を捜すことにあったのだ。

「私が正確な場所を覚えていればよかったのですが……何しろ忘れっぽいもので」

そう言って、萌木が指さした先には一つの洞窟《どうくつ》が存在した。

「あの中に封印の間が……それも例の『祝寝』で分かったのか？」

「はい……夢を見たのです。とても幸せな夢を……実際にあった過去のことなのに、あれは私にとってまさに夢のような出来事でした」

萌木はまだ夢の中にいるような柔らかい微笑《ほほえ》みを見せ、洞窟の奥へと進む。

続いて勇二も入っていった。薄暗くひんやりとしたその場所は見たところ普通の洞窟で、それらしきものは見当たらない。

しかし、萌木が呪の念を唱えると、結界が消えて岸壁の後ろから封印の間が姿を見せた。

「では、始めましょうか」

まるで掃除でもするかのように気負いの見られない萌木に、勇二は声をかける。

「一つ確かめておきたいのだが……この封印の儀がすんだら、萌木は又、今までと同じように永遠の時を生きることになるのか？」

「いいえ。前の封印は不完全なものでしたから、私が見守り続ける必要があったわけでして……勇二さまが力を分け与えてくれた今回なら、それも完全なものに……私の長寿記録更新もこれでお終《しま》いとなります」

「そうか……それならいい。あっ、すまなかった。始めてくれ」

内心、胸を撫《な》で下ろした勇二は、後にそれが間違いであったことに気付く……。

石を幾何学的に配置した、どことなく西洋魔術の魔方陣を思わせる封印の間の中心、萌木はそこに鏡を置いて呪を唱え始める。

呪に応《こた》えて封印の間に満ちていた気が萌木に集まり出すのとほぼ同時に、待っていたかのようにその者は現れた。

「……それ以上はさせぬぞ。余を封印する儀などさせるものかぁっ！」

洞窟の壁に描かれたレリーフの如《ごと》く阿眞女の顔が浮き上がり、呪を唱える萌木に憤怒《ふんど》の表情を向ける。そこに勇二の拳《こぶし》も向けられた。

「やはり来たか……萌木の邪魔はさせん。たとえ、この身が朽ち果てようともな！」

「萌依枝ぃぃぃっ！　男と戯れおって……どこまでこの余を愚弄《ぐろう》するかぁぁぁ！」

封印の間を舞台とした、魔神勇二VS阿眞女の闘いが開始される！

「ふん、前のように木偶《でく》になるがいいわ！」

「一度見せた手の内は、閃真流には効かん……閃真流人応派奥義……静心闘気《せいしんとうき》！」

闘気そのものを防御に転換させる奥義、『静心闘気』に、身体《からだ》を拘束しようとする阿眞女の術が跳ね返される。「ば、馬鹿《ばか》な……」と動揺を見せる阿眞女に対して、勇二はすぐに次の行動に移った。

「受けてみるがいいっ！　閃真流人応派奥義……飛翔竜極波《ひしょうりゅうきょくは》・改！！！」

奥義『飛翔竜極波』とは、生命力そのものを敵に放つという、実体のない阿眞女には適した技だ。しかし、もともとはダメージを受けて生と死の狭間《はざま》の境地に達した時にのみ使える奥義で、勇二はそれを刻印の力で強引に引き出していた。だから、『改』なのである。

奥義の連発といい、勇二がそんな無謀とも思える闘い方をしているのも、萌木の呪が完成するまでという短期決戦という状況があればこそだ。

「おっ、おのれぇ……余がこんなことで……ぐぎゃあああああっ！！！」

「はぁ……はぁ……やったか？」

だが！　悲鳴と一緒に霧散したと見えた阿眞女はすぐに復活を果たした。

「ふふっ……甘いわ。封印の儀を改めて行うということは、余を封じる力も無に近くなる。たとえ刻印を持つ者といえど余は倒せぬわ」

「くっ……ならば、今一度……否、何度でも倒すのみ！」

憎しみで塗り潰《つぶ》された心がそのまま力となっている阿眞女は強かった。人外の者相手では通常の格闘技は使えずに苦戦する勇二だったが、奥義を幾度となく放ちダメージを受けつつもギリギリのところで踏みとどまっていた。それが先日、萌木の想いに応えられなかった彼なりの償いであるかのように。

「はあはあ……阿眞女よ。実の娘を何故《なぜ》そこまで憎む。萌木に罪はないはずだ！」

「罪がない、だと？　余にとってその女は罪そのものだ！」

阿眞女は怒声と共に瘴気《しょうき》にも似た毒を全身から放つ。既に奥義『静心闘気』を使う余裕のない勇二は、体術を駆使してそれを紙一重でかわす。

「その女こそ、余が意にそわぬ男に辱められ孕《はら》まされた屈辱の証《あか》し……憎くて当然、怨《うら》んで当然であろうが！」

「当然とか言うなぁっ！　実の母親を封じなければならなくなった萌木の苦しみも分からないお前が……誰《だれ》が肉親を喜んで手にかけたりするものかぁぁぁっ！」

勇二のその叫びは、兄の勇一を家族の仇と思わねばならない自らへ向けたものだった。

そして、一縷《いちる》の望み、勇一のあの非道な行為にも何か訳があったのかもしれないと勇二は心の隅で願っていた。

「これで最後だ……閃真流人応派奥義……飛翔竜極波ぁぁぁぁっ！！！」

刻印の力を借りずに勇二は奥義『飛翔竜極波』を放った。つまりは、それが可能なほどに彼の身体はダメージを抱えていたのだった。

しかし、その一撃も徒労に終わる。一旦《いったん》は消滅した阿眞女はこれで何度目となるのか、又も復活を遂げた。

「ふふふっ……余には分かるぞ。刻印の力があれど、そなたも人の身。徐々に力が弱まってきているのであろう。全ては無駄であったな」

「……いいえ。無駄ではありません」

そう阿眞女に反論したのは、萌木だった。彼女の静かな表情からは、果たして封印の儀の準備が整ったのかどうかは分からない。

「母さま……終わりにしませんか、もう」

「ええいっ、余を母などと呼ぶなっ。虫唾《むしず》が走るわっ！」

そこまで阿眞女に言われても、萌木は彼女を母と呼ぶことをやめない。

「母さまの心が穏やかになるのでしたら……私の命くらい、いつでも差し上げますから」

「ふん！　今更、そなたの命一つでは足りぬわ。この世の全ての生ある者に災いをもたらすまで、余の憎しみが消えることはないっ！」

阿眞女の言葉に、萌木は淋《さみ》しげに目を伏せる。

「……では、やはり母さまを封じさせて頂きます。人を不幸にする、忌まわしき力と共に」

萌木は封印の鏡を高々と掲げた。

そう、準備は完了していたのだ。鏡が発光し、それが阿眞女を照らす。

「ええい、萌依枝めが……やめろ、やめんかぁぁぁっ！」

鏡面に一瞬阿眞女の姿が映ると、次にはその身体が鏡の中へと吸い込まれる。

その光景に、「これで終わるのか……」と思った勇二は次の萌木の言葉に驚愕《きょうがく》する。

「母さま……共に滅びましょう。時が静止した黄泉路《よみじ》との狭間の世界で永遠に……」

「なっ……！　何を言うんだ、萌木！」

「ごめんなさい、勇二さま。完全なる封印とはこういうことなのです。母さまの力と対になる私の力も共に封じなければならないのです。どちらもこの世界に不要なもの……」

萌木の姿が透き通るように霞《かす》んでいき、阿眞女の姿と重なる。

「そして……さようなら、勇二さま。私は……貴方《あなた》といる時だけ、生ある者の心を思い出すことができました……貴方に会えたこと……忘れません……」

「駄目だ！　萌木、俺はそんな言葉を聞きたくは……！」

「貴方との思い出……絶対に……忘れま……」

阿眞女、そして萌木の身体は吸い込まれていった……鏡の中へと。

「萌木……萌木ぃぃぃぃぃぃっ！！」

勇二の叫び、そして封印の鏡がカランと地面に落ちる音が、洞窟内に空しく響いた。

「くっ……くっそぉぉぉぉっ！　何故だ……どうしてなんだぁぁぁぁぁっ！」

一人残された勇二は茫然《ぼうぜん》自失。そして、地面に拳を叩《たた》きつけた。

その勇二の中で、誰かの叱咤《しった》が飛んだ。

『魔神勇二！　お前のその拳は地を叩くものではないはずだ！』と。

それは、勇二の内なるタイガージョーの言葉だった。タイガージョーならば今の自分に対してそう言い放ち鉄拳を炸裂《さくれつ》させるはずだろうという、勇二の自戒の念であった。

「そうだ……俺は萌木を救いたい……絶対に救うんだ！」

勇二の決意に、右腕の刻印も輝きで応えた。それに共鳴するかのように、地面に落ちていた封印の鏡が淡く光った。

「これは……？　そうか。もしかして、阿眞女や萌木の力が俺の刻印の力と同質のものならば……やれるかもしれない」

勇二は鏡を壁に立てかけると、その前で右腕の刻印に力を集中する。

「鏡よ！　もしお前が萌木をこのまま黄泉路の狭間とやらに閉ざすというのなら……俺の刻印の力は、阿眞女以上に忌まわしきものとなるだろう」

封印の鏡は、勇二の言葉に応えるかのように光を増した。

「それを恐れるのなら……さあ、鏡よ。俺を封じてみろぉぉぉっ！」

そう叫ぶと、勇二は鏡に向かって右拳を突き放っていった……。

☆　☆　☆

鏡の中の世界……いや、封印の鏡を通じて辿《たど》りついた世界は、黄泉路へと続く狭間。

その風景は、訪れる者それぞれが『無』というものを具現化して出来上がる。

共通しているのは、生の気配がまるで感じられないことだった。

萌木の場合は、一面にどす黒い血の海が広がっていた。聞こえてくるのは、ねっとりと肌にからみついてくる、嫌な風の音だった。

阿眞女も萌木と対峙《たいじ》するように立っていた。

その目にこの世界がどのように見えているかは分からないが、再び封じられてもう世界に対して復讐できないショックからか、阿眞女は魂の抜け殻と化していた。

萌木はそんな阿眞女を見て、口を開いた。

「母さま……あの時のことを覚えていらっしゃいますか？」

「…………」

「母さま……あの時のよもぎ餅《もち》、美味しゅうございました。母さまが精魂込めて作ってくれたよもぎ餅、あれからずっと大好きでした……そして、初めて見せてくれた穏やかな微笑みも忘れたことはありませんでした……」

阿眞女の眉《まゆ》がピクリと動いて、萌木の言葉に反応を見せた。

萌木が語っていたのは、前に夢で見た過去の出来事、彼女が幼い頃《ころ》にたった一日だけ母が正気に戻った日の思い出だった。萌木のことを愛する男『タケル』との間に産まれた娘だと思い違いはしていたが、母親として振る舞ってくれた最初で最後の一日のことだった。

阿眞女もその過去を思い出す。萌木とは逆に唾棄《だき》すべき出来事として。

「萌依枝……あれは気の迷い……単に、余の壊れた心が見せた幻よ……」

「それでも、私は嬉《うれ》しかったのです。母さまが私を娘として慈しんでくれたことが。あの思い出がなかったら、もしかして私も母さまのことを……」

阿眞女は怒気を露《あら》わに言い放つ。

「ええい、何度言えば分かるのだ！　余を愛する者から引き離した男の血が混じったそなたなぞ余の娘ではないと。あまつさえ、余をこのような所に封じ込めおって……」

「けれど、母さまが憎しみから全てを滅しようとするのは、結局、父さまがしたことと同じでは……力で全てを従わせようとする、とても愚かなことではないですか！」

「ふん、口でならなんとでも言えような、萌依枝。そうまで言うのなら……愛していない者に辱めを受ける苦しみを、そなたも一度味わってみるがよい！」

阿眞女が両腕を広げ、それをゆっくりと天に向かって掲げていく。すると、地面から何かがもこもこと這《は》い出るように現れる。それは、痩《や》せこけて骨と皮だけになり、ぎょろりとした目だけがやけに目立つ、黄泉路をさまよう亡者たちだった。

「さあ、亡者どもよ。余の命に従い、鏡守の神女にこの世ならざる恥辱を与えてやれい！」

「母さま……母さまはそれほどまでに私のことを……」

絶望に沈む萌木の声は、その身体ごと群がる亡者たちの中に呑《の》み込まれた。

巫女《みこ》装束を剥《む》かれた萌木の白い肌に、唾液《だえき》を滴らせながら亡者たちは舌を這わせていく。

亡者たちを浄化する力をまだ有している萌木だったが、あえてそうはしないでこの凌辱《りょうじょく》を受け入れた。母の哀《かな》しみを我が身で知る、それも運命だと感じて。

亡者の一人が萌木の胸の先端、その突起を唇でついばみ、舌先でねちねちとこすり上げるという屈辱にも、彼女はぐっと唇を噛《か》みしめて耐える。

それが阿眞女には気に入らない。彼女の求めるのは、その悦《よろこ》びを煽《あお》るのは、萌木の脅《おび》える姿なのだ。だから、阿眞女は亡者に命じて萌木の足を大きく広げさせ、その奥にある未

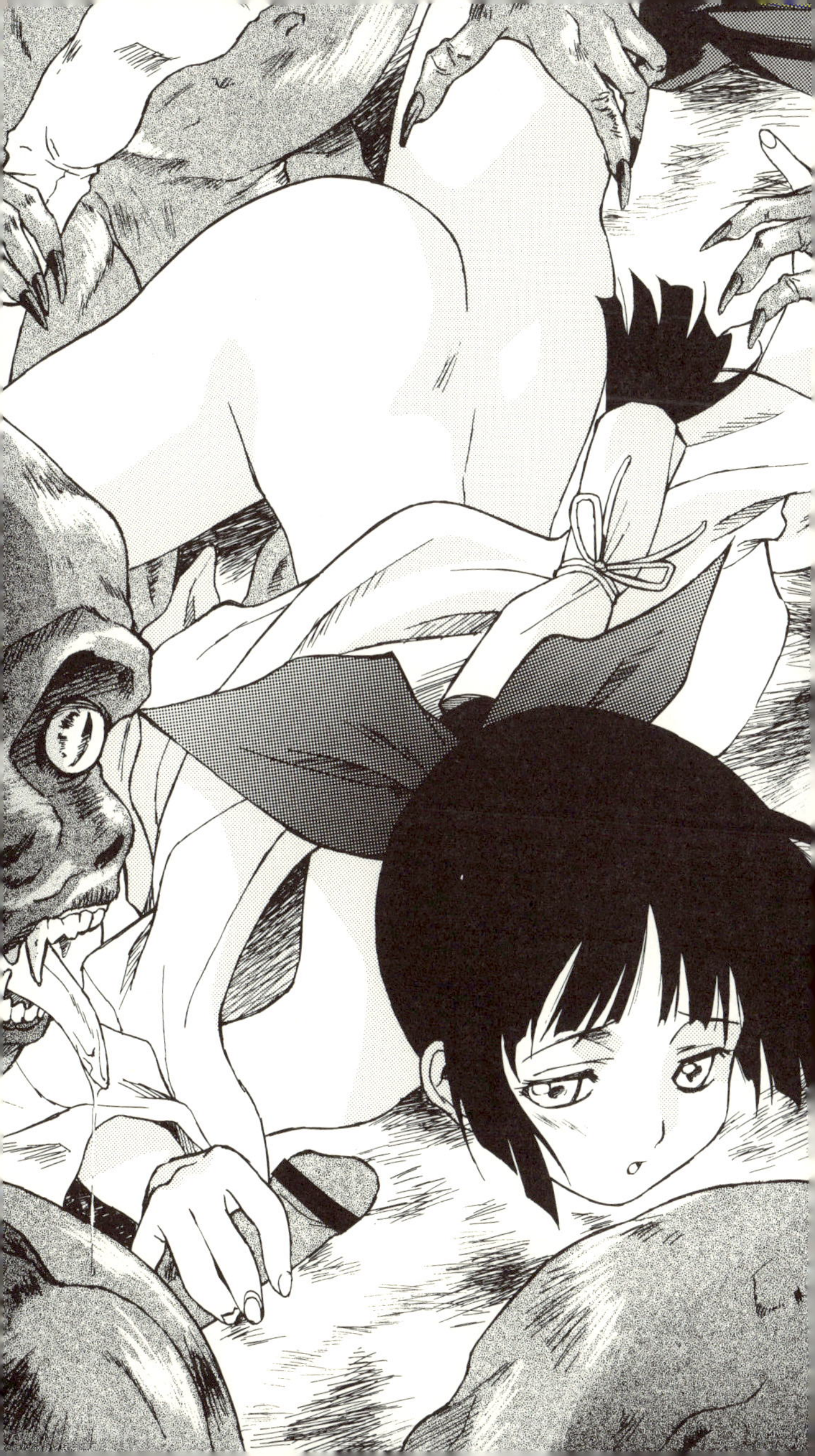

成熟な花弁が印象的な秘所を露わにさせた。

「ほぉ……そなた、まだ生娘か。二千年の長い年月を経ては……却《かえ》って汚らしいわっ！」

阿眞女は萌木の秘所に向かって、ペッと唾《つば》を吐き捨てた。

「丁度よい。その忌まわしき純潔、この亡者どもにくれてやるが似合いであろう」

その言葉に、亡者たちは先を争って自らの股間《こかん》の怒張を萌木に向かって差し向け始める。

「勇二さま……」

萌木は愛《いと》しい者の名を呼び、迫り来る絶望と激痛に備えてそっと目を閉じる……。

☆　☆　☆

「……萌木はどこだ。くそっ、どこまでも同じできりがない」

その頃、勇二は同じ黄泉路の狭間を萌木を求めてさまよっていた。

勇二の目に、この世界は無限に広がる砂漠のように見えていた。オアシスどころか、頭上にあるはずの空さえも一歩歩くごとにズブズブと沈み込む砂漠の大地と同じ様相をしているように見え、自分が本当に歩いているのかどうかも怪しく思えてくる始末だった。

「常識が通じる世界ではないと思っていたが……とにかく前に進むのみだ！」

勇二は身体と心の疲労を振り切って全力で砂漠を走る。

……走り続けて、数時間が経過した。その『数時間』というのも勇二がそう感じただけで怪しいものだったが、彼の目にはいっこうに砂漠の終わりは見えてこない。

「はあ、はあ……一体、この砂漠はどこまで続くというんだ……」

「……この砂漠に終わりはありませんよ」

その声は萌木のそれで、彼女自身も勇二の目の前にふっと現れた。

「も……萌木？　萌木か！　よかった。早くこの世界から……」

きょとんとした顔をしている萌木は次の瞬間、いきなり竹箒《たけぼうき》で勇二の頭を叩いた。

「くっ！　萌木、今更だが、いきなり何を……！」

「私は萌木ではありません……萌荷木《もにき》と申します」

「萌木、悪い冗談は……」

「私は萌荷木！『もにゅもにゅ』とお呼びください……はいっ、せ～の！」

姿も声も全く同じだったが、その時、勇二は感じた。彼女は萌木ではないと。萌荷木は萌木よりも軽いというか、何かズレがあると。

「それでは……萌荷木、萌木がどこにいるか分からないか？」

勇二の問いかけに、萌荷木は「……」と一転して何も答えなくなってしまった。

そして、勇二の背後に、萌荷木が萌木ではなかった証拠のように、もう一人の萌木が現れた。「すぅ……すぅ……」と立ったまま熟睡する萌木が。

「えっ？　今度こそ本物の萌木……なのか？」

「んん……あっ、おはようございます。よもぎ餅、食べます？」

勇二にそう勧めたくせに自分でもぐもぐとよもぎ餅を食べ始める彼女は、やはり萌木ではなかった。

「モグモグ……私は喪可木《もかぎ》と申します……『もかもか』とお呼びください」

「そ、そうか……いや、それなら喪可木なら知ってるのか、萌木の居場所を？」

ところが、萌荷木に続いて喪可木までもよもぎ餅を咥《くわ》えたまま黙りこくってしまった。

「一体、どういうことなんだ！　俺はお前たちと押し問答をしている場合では……はっ、まさか……」

勇二はあることに気付いた。それはあまり気の進まないことだったが、自ら言った通りそんな場合ではないと、思い切って口にした。

「むむむ……も……もにゅもにゅ！　それに、もかもか！」

勇二の呼びかけに、萌荷木と喪可木は口を揃《そろ》えて「はいっ！」と返事をする。

「私は『もにゅもにゅ』……私たちは萌木の偽りの仮面……」

「私は『もかもか』……そう、淋しい心を覆い隠す偽りの性格……」

デュエットをするように並んで立つ萌荷木と喪可木を見て、勇二は何となく理解する。

「そうか。同じにして異なるもの。そういうことなのか……あっ、それでだ、そのぉ……もにゅもにゅ、もかもか、萌木は一体どこにいるんだ？」

萌荷木は指で天を指した。喪可木は指で地を指した。二人は全く別の方向を示している。

「「私の言葉……信じられませんか？」」

だぶって聞こえる萌荷木と喪可木の声に、萌木と同じそれに、勇二は心を決めた。

こういう時に「罠《わな》か否か」などと悩まないのが、勇二の特筆すべき美点であった。

「信じる……信じるさ。萌木はそこにいるんだな！」

勇二がそう答えた瞬間、彼の前に道は開かれた。「私を信じてくださった貴方を信じます」という萌荷木と喪可木の言葉と一緒に。

☆　　☆　　☆

「ふっふっふ……萌依枝、そなたが純潔を失うのを楽しみに見物させてもらうぞ」

阿眞女が酷薄な言葉を吐く中、亡者の一人が自らのそそり立った怒張を、無理やり萌木の花弁に押しつけ、沈めようとする。

勇二が萌木の前に現れたのは、彼女の貞操が奪われるまさに寸前だった。

「そこまでだっ！　その汚らわしい身体は萌木から離してもらうっ！」

信じられないという顔で萌木が「勇二さま……」と呟《つぶや》き、阿眞女も驚愕から絶句する。

勇二の手刀が一閃《いっせん》し、亡者たちは短い悲鳴を上げて消失した。

「なっ……！　何故、そなたがここに……それも刻印の力か！」

「違うっ！　刻印の力もないとは言えんが、俺がここに辿りつけた最大の理由は、阿眞女、お前が忘れてしまったもの……人と人との絆《きずな》の力だ！」

「戯言《ざれごと》をっ！　ほんに目障りな男よ。だが、生あるそなたではこの世界において充分に力を揮《ふる》えまい。その刻印の力を奪って、鏡の封印を破ってくれるわ！」

怒り狂う阿眞女が腕を振ると、突風が巻き起こった。勇二は彼の登場にまだ茫然としている萌木を抱きかかえて跳躍する。

「勇二さま、どうして……貴方まで封じられることはないのです。今ならまだ……」

「その言葉をそっくりそのまま返すぞ。俺が萌木のいるここに何故辿りつけたのか分かるか？　お前の分身、心の一部である『もにゅもにゅ』と『もかもか』……いや、『萌荷木』と『喪可木』が道を示してくれたんだ」

「えっ……？　私の分身？」

「そうだ！　萌木が本当は生きたいと願っているから、あの二人は現れたんだ。俺はそう思う。そうじゃないのか、萌木！」

勇二の言葉が、萌木の心を揺らす。

「お、おのれぇっ！　させぬぞ……そんなことはさせぬ。萌依枝、そなただけに好きな男と共に果てる幸せなどやるものかぁっ！」

阿眞女のその言葉も、萌木の心を揺らす。

二つの心の間で揺れる萌木。その彼女を庇《かば》って阿眞女の攻撃を全て受ける勇二は、痛みを物ともせず笑みを浮かべて再度、問いかける。「萌木、生きたくはないのか？」と。

反射的に萌木は答える。自分の素直な気持ちのままに。

「私は……生きたい！　人として、勇二さまと同じ時を……！」

萌木の心からの叫びを聞いて、勇二の右腕の刻印に炎が宿る。

「よく言った、萌木！　ならば、不幸を呼ぶこんな封印なんてものは必要ない！」

勇二は右拳を地面に叩きつけた。黄泉路の狭間である大地に亀裂《きれつ》が生じ、それは延々と遥《はる》か彼方まで広がっていった。

「なっ……！　何が起きたのだ？　何を起こしたというのだぁぁぁっ！」

狼狽《ろうばい》を見せる阿眞女の叫びを耳にしながら、勇二は萌木の手を強く握る。

「萌木、願うんだ！　封じるのではなく、お前の母親、阿眞女を救ってあげることを！」

「母さまを救う……？　救えるのですか？」

「願えば叶《かな》う……それこそがお前に教えてもらった、力の使い方だ。そうだろ、萌木？」

元気よく「はいっ！」と返事をした萌木は、続いて口の中で呟く。

「母さまの作ってくれたよもぎ餅の味……母さまの優しい微笑み……私は母さまを……」

萌木の呟き、母、阿眞女との絆を表す言葉は、鏡の封印に影響を与えた。

ピシリ……と何かにヒビが入る音が、勇二たちのいる黄泉路との狭間に響き渡る。

「そうだ、萌木。次は俺が……鏡よ、先の言葉は撤回する！　俺はこの右腕の刻印の力を忌まわしきものにはしない。魔神勇二、漢《おとこ》として、一世一代の約束だぁぁぁっ！」

勇二は先程とは逆に、天に向かって右拳を突き上げた。

パリィィィィン……！

何万年でも風化しない金属、青生生魂で作られた封印の鏡が砕け散った。

その瞬間、勇二と萌木の周囲の景色が一変した。

気が付くと、そこは洞窟の封印の間、二人は現世へと回帰したのだった。

刻印の力が人の思いに応えて起こした奇跡はそれだけではない。

「……ふっ、血迷うたか。そなたらの手で自ら封印を破るとはな」

同様に鏡の封印から逃れた阿眞女、その彼女を「阿眞女……」と優しく呼ぶ声がする。

「だっ、誰ぞ？　余の名を呼ぶのは？　いえ、このお声は、まさか……」

「……私だよ、阿眞女」

阿眞女の前に、一人の男の影が現れた。

「ああ……貴方は……貴方なのですか？」

阿眞女の表情が、勇二の見たことのない安らかなものに変わる。そこには萌木の面影が見られ、彼女たちが確かに母娘《おやこ》であることを感じさせる。

阿眞女をそんな表情にする者は、かつて彼女が愛した男、タケル。二つ目の奇跡とは、彼の魂をこの現世に降臨させたことだった。

「貴方……今までどれほど望んでも貴方の御霊《みたま》に会うことは叶わなかったのに……」

「いいや、阿眞女。私はいつもお前に呼びかけていたよ。だが、終《つい》えぬ憎しみの心がそれを聞こえなくしていたのだ。すまなかった、阿眞女。私が至らぬばかりに……」

「いいえ……いいえ、もういいのです。貴方にこうして会えたのですから……」

タケルが腕を広げ、阿眞女はその中に包まれる。

「貴方……もう離しません。いつまでも一緒に……」

「ああ。私も離さない。さあ、共に行こうか……」

満ち足りた笑みを浮かべる阿眞女と、それを穏やかな表情で見つめるタケル。

二人の姿は、光の中に溶け込むように消えていった。

それを見送る萌木の目に涙が浮かぶ。

「結局、母さまは私を見てはくれませんでした。最後の瞬間まで、一度も……です。でも、それが母さまの幸せなのですね」

「なあ、萌木。あの二人は天に召されたのか？」

「いえ……母さまは数多くの罪を犯しましたから……ですが、愛する人と共になら、何処《どこ》へ行こうとも母さまは……勇二さま、女とはそういうものなのですよ」

悪戯《いたずら》っぽくそう話を向けてくる、萌木。勇二には話を逸《そ》らす必要があった。

「さ、さあ、萌木。戻ろうか、神社に。蘇芳殿が心配して……それと、おそらくはよもぎ餅を作って待っているだろうから」

萌木も好物のよもぎ餅で誤魔化《ごまか》されるほど甘くない。どこに隠し持っていたのか、竹箒で神社へと急ごうとする勇二の後ろ頭を小突いた。

「あたっ！　し、しまった。俺としたことが又もや油断を……って、萌木、いい加減それは勘弁してもらいたいのだが」

「駄目です。今のこれは、いつもと違って罰なのですから」

「罰？　俺が何かしたのか？」

「はい。私のことはいつまで経っても『もえもえ』と呼んでくださらないのに、他の子たちのことはすぐに『もにゅもにゅ』に『もかもか』と呼んでいたことへの罰です」

「いや、あれは、その……非常事態だったわけで……それは萌木にも分かることでは……」

「『もえもえ』ですっ！」

慌てる勇二を見て嬉しそうに微笑んだ萌木は、彼の手を引いて神社の社へ向かう。

今この時だけは、母が愛する男と寄り添うように消えていったのと似た風景、この後、勇二とよもぎ餅を並んで食することが萌木の幸福であった。

☆　☆　☆

そして……阿眞女との闘いから数日後のことだった。

勇二は来夢を鏡守神社に連れていき、何かあった時は助けてやってくれと萌木に頼む。

「……すまないな、萌木。こう見えても、来夢はしっかり者だから迷惑はかけないと思う。

この鏡守神社なら結界もあるし、萌木なら俺も安心なんだ」

子供扱いされた点と、新たなライバル出現に、来夢は内心ムッとする。そして、すぐにそのお返しは実行された。

「どうも、萌木さん。いつも勇二お兄ちゃんがお世話になっています。あっ、お兄ちゃんといっても血は繋《つな》がっていませんから。つまり、将来的には……いいえ、明日にでも来夢と勇二お兄ちゃんの関係は……まあ、これ以上は言わなくても分かりますよね」

「そうだったのですか……勇二さまはいわゆる、成人女性に関心を見せない、まにあっくな趣味の持ち主というわけで……」

来夢の意味深な発言による萌木の誤解、それを解こうと勇二は慌てて弁解しようとする。が、既に萌木の興味は、来夢の抱えていたロボイド『さんちゃん』に移っていた。

「にょっ？　にょにょ〜ん！」

「まああ、これは、これは、御丁寧に」

「ぷにょーっ！　にょにょん♪」

「あらあら、そうなのですか。勇二さまは来夢ちゃんとそんなことを……」

何やら『さんちゃん』と会話を始めた、萌木。勇二をからかっているのか、あるいは本当にコミュニケーションが取れているのかは定かではない。

その萌木を見て苦笑していた勇二の袖《そで》を、来夢がクイクイッと引っ張った。

「……勇二お兄ちゃん。くどいと思うかもしれないけど……やっぱり行くの？」

「ああ。いつまでも座して待つというのでは、埒《らち》が明かないからな」

来夢の心配顔、そして彼女のことを萌木に頼んだのも、勇二が日本を離れて米国へ向かう決意を固めていたからだった。

きっかけは、来夢がお得意のハッキングで得た情報にある。『破滅をもたらす者』というコードネームで勇二を狙《ねら》っている『組織』についての数少ない手がかりとして、彼らが米国において何らかの研究施設を持っているということが分かったのだ。

思えば、勇一が二年前に姿を消した場所も又、米国であった。

先日の阿眞女との闘いにおいて刻印の力の使い方にある程度の自信を持った勇二としては、ただ『組織』を調べるというわけではない。刺客を撃退していくのにも限界があると、こちらから攻めに転じようという腹積もりなのは間違いないだろう。

鏡守神社に来るまで何度も「危険だから……」と来夢は止めていたが、勇二が一度こうと決めたことを覆すわけはないのは、彼女にも分かっていた。

「……それでは、とりあえず来夢ちゃんと『さんちゃん』には、鏡守神社特製のよもぎ餅を食べてもらいましょう。勇二さまは確かお嫌いでしたね、よもぎ餅は」

そんな風に勇二をからかう萌木も、勇二に関しては米国行きのことではなく、別のことで心を悩ませていた。

（私は刻印の力について思い出したことの全てを、まだ勇二さまにお話ししていない。特に刻印に捧《ささ》げられる『贄《にえ》』に関しては何も……けれど、勇二さまならいつかその忌まわしい運命すらも……信じているから、私は……）

☆　　☆　　☆

その頃……勇二とは行き先も目的も異なるが、同じように一時日本を離れようと考えていた者がいた。虎頭《とらあたま》の……とそこまで言えばお分かりだろう、タイガージョーである。

彼は今、ひた走っていた。

ある種、ストーカーにも似た例の行為、勇二を追っている……わけではない。

最近、勇二に鉄拳制裁を加えていないことによるストレス解消……というわけでもない。

「キィーッキッキッ！　切り刻んでやらぁ！」

タイガージョーは追われていたのだ。『組織』の暗殺者の一人、カメレオンの遺伝子が組み込まれた人工生命体『メレオ』によって。

グリーンの髪に化粧をした派手な容姿のメレオは、戦闘用形態へとメタモルフォーゼした。そしてすぐさま己の姿を視覚的に消し、長い舌でタイガージョーを攻撃する。

「まずは、味見をさせてもらうぜぇ。俺のこの舌でなぁ！」

「ふっ……私の味は、お前の攻撃ほど甘くはないっ！」

難なく攻撃を避けたタイガージョーは、敵に対してといえども説教を垂れる。

「舌での攻撃は悪くないが、お前はパワー型、それも奇襲をかけてこそのタイプだ。左右の眼球を独立して動かせるとはいえ、スピード不足はカバーできん！」

それを聞いて、メレオは「やはり……」という顔を見せる。

「初対面であるはずの俺の能力をそこまで見抜くとは……お前はやはり『J』だな。噂《うわさ》通り、『組織』を裏切ったようだな」

「メレオよ、裏切ったのではない……表返ったのだ！」

堂々とそう言い切るタイガージョーに、ほんの数秒、メレオは呆気《あっけ》に取られてしまった。

その隙《すき》を突いて、タイガージョーはメレオの視界から遠く離れた位置へと飛ぶ。

「無益な殺生はせぬ……私にそんな定番の台詞《せりふ》を吐かれた屈辱をバネとして、更なる精進に励むがいい、メレオよ！」

わざわざ、メレオにそのような教訓まで残して。

だが、メレオをまるで子供扱いしその追跡を振り切ったタイガージョーほどの実力者の間合いに入り、急襲をしかけてくる者があった。

「……ぬあああ！」

「くっ……この拳は……！」

空気を鋭く切り裂く音に続いて、宙を舞った二人が静かに着地音を立てる。

タイガージョーを襲ったのは、未《いま》だ謎《なぞ》多き男、鴉丸である。

「今の身のこなしは……ふっ、そうか、虎頭よ、貴様は……そういうことだったのか」

鴉丸がニヤリと白い歯を見せる。それは彼がいつも見せる嘲笑《ちょうしょう》ではなく、新しい獲物を見つけた悦びの笑みであった。

「お前が何を一人勝手に納得しているのかは知らぬが、私はタイガージョー。それ以上でもそれ以下でもない！」

「ふっ……まあいい。せいぜい魔神勇二を鍛えておくことだな。何よりも俺のために、な」

そう言い残すと、鴉丸は去っていった。

タイガージョーのマスクの下、こめかみにジワリと汗が滲《にじ》む。

ほんの少しかすっただけだというのに、タイガージョーのコートの胸の部分にはくっきりと焼きつけられたような跡が、それもクルスの形に刻まれていたのだった。

☆　☆　☆

そして、N市の某所でも動きがあった。

ルワイルの前には、尊大な態度とピンク色の髪が目立つ勇二とほぼ同年齢の少女と、彼女を守るが如く寄り添っている一匹の黒豹《くろひょう》がいる。

「……死をもたらす者の血族、その長《おさ》である妾《わらわ》に、『破滅をもたらす者』の始末をさせようとは。酔狂なことだな、ルワイル」

少女の名は『鈴麗蘭《りんれいらん》』。中国の暗殺組織の全てを束ねる、鈴家の当主である。

「戦力を温存していられる余裕がなくてね。選《え》りすぐりの暗殺者たち……と言えば聞こえはいいが、君も知っての通りにこの有様だ。そうだな、李飛孔」

ルワイルは側《そば》にいた李飛孔に話を振った。生き延びてはいたが、李飛孔も魔神勇二の暗殺に失敗した者の一人であるのが分かっていて、ワザとそうしたのだ。

「麗蘭様のお手を煩わせてしまうとは、面目次第もございません。ですが、鈴家に永遠の忠誠を誓う李家の者としては、その御尊顔に拝謁できただけでありがたいことでして……」

他の暗殺者たちにはあれほど不遜《ふそん》な態度を取っていた李飛孔の今の態度の変わりようは、彼流の処世術かもしれないが、それだけ鈴家当主とは恐ろしい存在なのだろう。

「ふん、永遠の忠誠か……では、李飛孔。跪《ひざまず》いて、妾の靴を舐《な》めるがよい」

若干の躊躇《ちゅうちょ》の後、李飛孔は「ははっ、喜んで」と跪いた。

ところが、麗蘭はその李飛孔を蹴《け》り飛ばした。

「愚か者めっ！　おぬしの下等な舌で妾の靴を汚すつもりか！　もうよい。下がれっ！」

あまりにも理不尽な麗蘭の言動にも、李飛孔は素直に従い、この場から去っていった。心中で（おのれ、小娘が。いつか必ず……）と呪詛《じゅそ》の言葉を吐きながら。

この寸劇がお気に召したようで、ルワイルは愉快そうな顔で言った。

「香港《ほんこん》返還の際には暗躍し、『千面鬼』という異名を知らしめた李飛孔も形なしだね。いいのかな、遺恨が残ったようだけど」

「構わぬ。従順なフリをして餌《えさ》をねだる犬よりも、妾は飼い主の手を噛む犬の方を好む。それよりも、ルワイル……」

麗蘭の眼光がルワイルに向けられる。確かにその迫力たるは李飛孔など問題にならない。

「何故、おぬしの手で『破滅をもたらす者』を始末せぬのだ。妾にはそれがどうも解せぬ。まるであの者の力を増大させているような、回りくどいやり方にも見えるが」

「気のせいだよ。僕は君たち一族のように人殺しを生業《なりわい》としているわけじゃない。だから、ゲームのように楽しんでるだけさ」

「そうか……まあ、いいだろう」

言葉とは裏腹に、麗蘭はルワイルの返事を少しも信じていないようだ。

「鈴家の翼、闇《やみ》に羽ばたく時、千億の死の羽根が舞い降りる……『破滅をもたらす者』はそれを身をもって知ることになるだろう。深遠なる闇と共に……」

「ああ。見せてもらうよ。君の血塗られし血族の長たる証しをね」

「うむ……では、参るぞ、ガルム」

控えていた黒豹、『ガルム』を伴って、麗蘭はルワイルの前から去っていった。

一人になったルワイルの背後の暗闇で、以前のように又、何かがゆらりと蠢《うごめ》いた。

「大いなる闇と真紅たる死色が広がるだけ……僕にも完全に心を読ませないとは、さすが鈴家の当主だな。それをも倒すようなことがあれば、僕の夢が又、一歩……」

暗殺者たちを束ねるルワイルからの現状報告、そして宇宙ステーションΣからもたらされた高次元エネルギー生命体についての定期報告、その二つを受けて例の『組織』も動き出していた。

☆　☆　☆

「……宇宙から飛来してくる彼《か》の者の名称が決まったそうだ。魔神勇二の『破滅をもたらす者』に合わせたようで……『破滅を招くもの』と」

「おやおや、随分『破滅』という言葉に拘《こだわ》っているようですな。余程、それが恐ろしいのか。はたまた、ネーミングのセンスがないだけのことなのか」

以前と同様に、彼ら『組織』の上層部の者たちには危機感の欠片《かけら》も見られない。まるで午後のお茶の時間を楽しんでいるかの如くに。

「まあ、なかなか緊迫してきたね。これはルワイルの演出かな」

「では、こちらも趣向を考えますかな。例えば、地球滅亡まであと○○日……とでもカウントダウンをしてみるとか」

「しかし、あの鈴家当主の力をもってすれば、さすがに『破滅をもたらす者』も……」

「やれやれ、それでは又、退屈な日々が始まってしまうわけだ」

「それまでは楽しむことにしましょう。全てを見守り続けるのが我々の役目ですから」

勇二が耳にしたらおそらく激昂《げっこう》しているであろう、彼らの他人事のようなコメントはその後も延々と続くのだった……。

☆　　☆　　☆

『組織』との全面対決を決断した勇二、彼の前にはまださまざまな謎が存在していた。

勇二の右腕に刻まれた『破滅の刻印』と宇宙から飛来する謎のエネルギー生命体『破滅を招くもの』の関係は……？

勇二以上の力を持つ、謎の男、鴉丸の目的は……？

ルワイルの手で新たに向けられた刺客、鈴家の当主、『鈴麗蘭』に勇二は勝てるのか？

萌木が勇二に話せなかった、刻印に捧げられる『贄』とは……？

そして……タイガージョーはあと何発、勇二に対して愛のムチである鉄拳を揮うのか？

全ては……後編に続く！

Only you《オンリーユー》 ～リ・クルス～ 上巻

2002年7月15日 初版第1刷発行

著　者 高橋 恒星
原　作 アリスソフト
イラスト ささかま めぐみ

発行人 久保田 裕
発行所 株式会社パラダイム
〒166-0011東京都杉並区梅里2-40-19
ワールドビル202
TEL03-5306-6921 FAX03-5306-6923

装　丁 林 雅之
印　刷 株式会社秀英